I0646813

Judith Gautier.

*Le Paravent
de Soie et d'or.*

TOGRAPHIE

ZINE

EMAINES

Heredia

lly

Paris

AS PLIER

à José Maria de Heredia

admiration fidèle

Judith Gautier

LE PARAVENT

DE SOIE ET D'OR

OUVRAGES DU MÊME AUTEUR

Le Livre de Jade, poésies traduites du chinois. Nouvelle édition illustrée, corrigée et augmentée.

Poèmes de la Libellule, traduits du japonais. Édition de luxe illustrée, tirée sur japon. (N'est pas dans le commerce.)

Le Dragon Impérial, roman chinois.

Iskender, roman persan.

La Sœur du Soleil, roman japonais.

La Conquête du Paradis, roman hindo-français.

Le Vieux de la Montagne.

Fleurs d'Orient.

Les Princesses d'Amour.

Les Peuples Étranges.

Khou-n-Atonou (fragments d'un papyrus).

Mémoires d'un Éléphant Blanc.

Lucienne.

Isoline (épuisé).

La Barynia, roman russe (épuisé).

Le Collier des Jours, souvenirs autobiographiques.

Le Second Rang du Collier.

THÉATRE

La Marchande de sourires. Drame japonais
en cinq actes . . . . 1 vol.

Parsifal. Traduction nouvelle du poème de
Wagner, s'adaptant à la musique. . . . . 1 vol.

Paris. — L. Maretheux, imprimeur, 1, rue Cassette. — 5792.

Le général Ma-Vien (p. 22).

JUDITH GAUTIER

LE PARAVENT

DE SOIE ET D'OR

Ouvrage orné de nombreuses illustrations en couleurs.

PARIS

Librairie CHARPENTIER et FASQUELLE

EUGÈNE FASQUELLE, ÉDITEUR

11, RUE DE GRENELLE, 11

1904

Il a été tiré de cet ouvrage

15 exemplaires numérotés sur papier

du Japon.

LE PARAVENT

DE SOIE ET D'OR

LE PRINCE A LA TÊTE SANGLANTE

HISTOIRE LÉGENDAIRE D'ANNAM

Les branches basses du palétuvier, enguirlandées
de lianes, forment comme un hamac au-dessus du
marais, et c'est là que le pasteur de buffles est
couché nonchalamment, une jambe pendante, caress-
sant de son pied nu les longs rubans d'herbes qui
traînent sur l'eau.

D'une voix molle et machinale, il chante, le jeune
homme, scandant sa chanson au rhythme vague dont
il se balance en faisant clapoter l'eau.

A quelque distance, vautrées dans la vase, leurs
mufles camus et veloutés tendus vers lui, ses bêtes

1

semblent l'écouter, en dépit du proverbe : « La musique n'est pas faite pour l'oreille des buffles. »

De ses lèvres les paroles s'égrènent ainsi :

« Sauve-toi, seigneur tigre, sauve-toi! Malgré tes griffes, malgré tes dents terribles, ta mort est certaine. Voici l'éléphant, roi de la forêt; écrasant les broussailles, il s'avance et va te briser les reins.

« Pauvre chèvre aux cornes gracieuses, à quoi bon fuir et bondir toute affolée? ce tigre a faim, il faut qu'il mange.

« L'oiseau a des ailes multicolores, il vole haut, loin des embûches, et, à plein gosier, chante sa joie. Hélas! le serpent, enroulé à l'arbre, fascine l'oiseau et l'engloutit dans sa gueule béante!

« Sous l'herbe et les feuilles mortes, à force d'être humble et petit, le vermisseau échappe à tout danger. Mais non! du haut de l'air, l'oiseau l'a vu : il fond sur lui et le dévore.

« Seul le pasteur de buffles est assez infime et ignoré pour n'éveiller aucune convoitise!... »

Inondée de lumière et de chaleur, dans l'ardente sérénité de midi, la nature fermente et frémit. Sous l'inertie des choses la vie grouille et pullule, il y a du bruit dans le silence. Mais, dominant tout, un bourdonnement continu résonne. Le jeune pasteur, malgré lui, l'écoute.

Qu'est-ce donc? on dirait le roulement lointain

des chars de guerre, le piétinement cadencé des chevaux en marche et le heurt assourdi des armes.

Non, ce n'est pas cela.

De l'autre côté de l'étang un frangipanier, merveilleusement, s'épanouit : aux branches nues, rien que des fleurs, de petites fleurs jaunes et blanches d'un adorable parfum; et l'arbuste, dans l'eau trouble, se reflète, il n'est plus là qu'une fumée; mais tout un peuple d'abeilles, d'insectes et de papillons tourbillonne dans les branches fleuries, avec quel tumulte et quelle joie ! Ils se gorgent, se saoulent, s'affolent; les ailes vibrent ou palpitent; des gouttes d'or, des émeraudes, des flammes, fondent sur les pétales embaumés, les mordent, sucent la salive mielleuse, pétrissent la pulpe tendre gonflée d'un lait amer : par moments l'arbre semble se secouer, rejeter ces insatiables; mais elles se ruent de nouveau, toujours avides, avec un frémissement plus sonore.

Le pasteur sourit et ferme à demi les yeux.

Les gourmandes abeilles, donnant l'assaut à cet arbre, lui semblent imiter le bruit des chars de guerre, répercuté dans les gorges des montagnes !... Et pourquoi pense-t-il à la guerre?... Les abeilles n'y pensent pas. Il veut, comme elles, l'inconscient bonheur dans l'inconsciente nature. Inconnu, perdu dans l'ensemble des choses, n'est-il pas pareil à l'insecte?... moins que lui.

Et il redit le dernier verset de sa chanson :

« Seul le pasteur de buffles est assez infime et ignoré pour n'éveiller aucune convoitise!... »

Mais voici qu'en sursaut, s'appuyant des mains aux branches, il se soulève, les yeux grands ouverts.

Un bruissement brutal du feuillage, tout proche, l'effare. Est-ce un buffle qui s'échappe?... Quelque bête de proie qui en veut à son troupeau?...

Un hennissement bref lui répond, et, aussitôt, roissé par les branches, un guerrier paraît, suivi d'un autre.

Les chevaux, mouillés de sueur, haletants, se précipitent dans le marais, hument l'eau avidement. Ils sont entrés jusqu'au poitrail, et des frissons courent sur leurs flancs.

Un des guerriers, sous les écailles du brassard, relève la manche de sa tunique de soie, découvrant une blessure qui saigne.

Malgré la lassitude qui les accable et la poussière qui ternit leurs armes, ces deux guerriers ont une grâce singulière, une imposante majesté. On dirait des adolescents, mais on ne peut savoir, le casque masquant à demi leur visage.

Le pasteur de buffles regarde, les yeux élargis, la lèvre agitée d'un tremblement. Sous la pluie de soleil qui tombe entre les feuilles, cet étincellement du harnais de guerre semble le fasciner, et surtout ce bras nu, si lisse, si pur, où le sang, enroulé en lanières pourpres, glisse jusqu'au bout des doigts minces qui le secouent. Il voudrait une coupe d'or pour le recueillir, ce sang, qu'il croit devoir être infiniment précieux.

Penché vers l'eau, le guerrier lave sa blessure, presse cruellement cette bouche douloureuse pour que le sang emporte le poison, si la flèche était vénéneuse; puis, son compagnon, d'un lambeau de ceinture, le panse.

Alors, pour un moment respirer mieux, ils ôtent leurs casques et découvrent de fiers visages; l'un d'eux, celui du blessé, d'une beauté extrême!

Le pasteur a laissé échapper un cri, dénoncé sa présence. On le regarde à présent, un autre cri répond au sien.

— Royale sœur, vois donc, le reconnais-tu, l'évadé, le fugitif, celui qu'on croit mort?

— Je le reconnais.

Et lui murmure, la main sur ses yeux :

— Je rêve; je ne vous vois pas là, devant moi, vous êtes des fantômes !

— Tu sais notre nom, comme nous savons le tien, prince Lée-Line, toi qui laissas vide la place, désertas la vie.

De ses mains tendues, il repousse la vision.

— Midi brûle, dit-il, le sang bat mes tempes, mes yeux éblouis voient des flammes ! Vous n'êtes pas réelles !...

Mais la guerrière blessée s'écrie :

— Pasteur de buffles!

Alors il se relève, dompte sa stupeur.

— Oui, dit-il, pasteur de buffles!... dans ce néant j'étais englouti, oublié, et, moi-même, peut-être, j'oubliais.

— Mieux valait la mort.

— J'allais vers elle ; mais sans hâte. Est-ce l'oubli, la mort?... Qui peut répondre? Je voulais rejeter de mon âme tous mes rêves, toutes mes souffrances : ne pas les emporter avec moi : pour mourir, j'attendais de ne plus être vivant!

— Qu'avais-tu donc rêvé? Qu'as-tu donc souffert, pour être à ce point lâche devant le destin?

— J'ai fui pour taire mes désirs et pour dérober mes larmes. Comment parlerais-je aujourd'hui que les larmes ont submergé les désirs?

— Ne sais-tu pas qui t'interroge? s'écria la plus jeune des femmes qui, dans un sursaut de colère, lança son cheval en avant.

— Ba-Tioune-Tiac, la Fleur-Royale, est devant moi, répondit Lée-Line ; et toi, Ba-Tioune-Nhi, la Tige-d'Or, tu es sa sœur.

Mais Tige-d'Or fronçait les sourcils.

— C'est tout ce que tu sais? Tu es vraiment tombé si bas?... Tu es à ce point aveuglé, que l'éclat d'une gloire sans pareille n'atteignit tes yeux d'aucune lueur?

— Depuis plus de trois années : l'ombre, [le silence, le désert!

Elle se pencha vivement vers Fleur-Royale, lui détacha sa jambière gauche et releva l'étoffe soyeuse.

— Eh bien, regarde! dit-elle.

La jambe fine et nerveuse apparut, au-dessus du pied cambré dans l'étrier, et elle ne sembla pas nue, car un tatouage vert la couvrait de la cheville au genou. Un monstre, vêtu d'écailles, s'enroulait là, tordant son corps, dégainant les cinq griffes de ses serres, dardant sa langue fourchue hors de sa gueule menaçante ; c'était le terrible Dragon, emblème du pouvoir suprême.

— Comment cela se peut-il?

Tige-d'Or cria :

— Elle est le roi de l'Annam !

Et Lée-Line, subitement pâle et pris d'un tremblement, se prosterna.

* * *

Elle est le roi de l'Annam !

Ils sont maintenant sous l'ombre d'une tente, une ombre chaude et dorée, les parois intérieures sont de soie jaune, car c'est la tente royale.

Tout alentour, le camp immense se déploie, et sa rumeur s'étouffe en approchant de la muraille de toile qui forme l'enceinte sacrée; elle meurt tout à fait en traversant l'espace vide qui isole la tente du maître.

Tous trois sont là, attardés dans un silence plein
de souvenirs. Sur un lit fait de nattes et de tapis, la
reine, ou plutôt le roi, — car le mot féminin n'existe
pas, qui exprimerait le chef suprême. — La cuisante
plaie de son bras l'enfièvre. Tige-d'Or, debout, re-
nouvelle sans cesse l'eau fraîche et les baumes. Sur
un escabeau en bois de cèdre, incrusté de nacre,
Lée-Line, accablé d'émotion, pleure tout bas, le
front dans ses mains.

Fleur-Royale laisse peser sur lui son regard lourd
de pensées, et elle dit enfin d'une voix lente, comme
si elle achevait tout haut sa rêverie :

— Après tant de jours on te revoit, tu sors de
l'oubli de la mort, et l'esprit s'effare devant toi
comme en présence d'un fantôme. C'est bien toi cependant, nos yeux n'ont pas encore désappris ta
forme. Aussi bien que nous, tu es un rameau de
l'antique dynastie des Hung ; le même verger a vu
croître notre enfance et fleurir notre jeunesse ; jusqu'au temps où une rafale bouleversa l'enclos. C'est
alors que tu disparus et que l'on perdit toute trace
de toi. Explique à présent, prince Lée-Line, cet
inconcevable exil, et pourquoi, toi qui brillais parmi
les illustres, tu es devenu le pareil des sauvages
Miao-Tseu, fils des champs incultes.

— Au Maître tout ce que nous sommes appartient,
dit Lée-Line, en séchant ses larmes ; tu m'interroges,
je dois répondre. Il me faut fouiller, comme la terre
d'une tombe que l'on rouvre, l'oubli amassé sur mon

Le bruit des chars de guerre répercuté dans les gorges des montagnes (p. 3).

désespoir, il me faut l'arracher au mystère, déchirer
son linceul de silence, hélas! ramener au jour l'en-
seveli avec l'épouvante de le retrouver vivant!... Tu
le veux, il le faut... Oui, nous étions, comme tu l'as
dit, des fleurs d'un même arbuste, buvant la même
sève, baignés dans le même rayon. Te souviens-tu
de l'ardeur croissante qui nous brûlait à mesure que
nous découvrions la vie, la beauté des choses, la sagesse des penseurs, la divinité des poètes? C'était
comme une nouvelle naissance, l'éclosion de notre
esprit. Fleurs d'abord et liés au rameau natal, nous
devenions papillons, libres ailes envolées dans la
lumière, et, avec une folle ivresse, nous prenions
possession du printemps.

— Oui, dit la reine, oh! oui, je me souviens ! Tout
fut sombre depuis cette aurore, depuis qu'un ouragan
dispersa nos ailes, pétales arrachés aux fleurs !...
Des siècles avaient passé, pendant lesquels les maî-
tres de l'Annam, les conquérants chinois, nous op-
primaient au nom de l'empereur suzerain ; mais
nous étions faits au joug et il nous semblait léger.
C'est alors que parut un nouveau gouverneur, qui,
dans une frénésie tyrannique, se mit à bouleverser
le pays; tout ce qui était noble ou vertueux, tout ce
qui s'élevait par l'esprit et le courage, fut abattu,
humilié, bafoué ; la démence régnait avec la débauche et l'épouvante ; le Chinois fut pris en
haine...

— Aux Chinois pourtant nous devions le plus beau

de nous-mêmes, reprit Léc-Line; en nous asser-
vissant, ils avaient délivré notre esprit de l'ignorance,
ils étaient les créateurs de notre âme. Le flot qui
nous avait submergés roulait toutes les merveilles :
la poésie, la musique, tous les arts, l'écriture, la
science, les rites! Voir s'y mêler une vase putride et
empoisonnée! Quel désastre! Mais cela seul ne
m'eût pas terrassé... Une autre douleur plus profonde!...

— Une autre douleur?...

— Je parle pour t'obéir, dit Léc-Line, il faudra
oublier mes paroles et ne pas s'en courroucer.

— J'oublierai!

Le prince détourna ses regards et dit d'une voix
plus sourde :

— Ton père annonça qu'il avait élu pour son
gendre un homme de noble race, aimé du peuple :
l'illustre Khisak!... Cette nouvelle tomba sur moi
comme la foudre. Je fus l'arbre brûlé jusqu'aux
racines, encore debout cependant. Achever de mourir, je ne voulais plus que cela. C'était facile; je
n'avais qu'à tendre la gorge, désapprouver d'un
geste ou d'un mot les actes du tyran, et le glaive
tombait sur moi. Hélas! j'eus peur de l'éternité!...
On m'avait enseigné que les maux du corps finissent
avec la vie, mais que les peines morales, notre âme
les emporte, pour en souffrir encore dans le temps
sans fin. La cruauté de ma douleur m'épouvanta,
m'éclaira le danger : la crainte de mourir, avant

d'avoir tué mon désespoir, s'empara de moi, m'affola !
A la cour, la mort planait sur toutes les têtes. Je
m'enfuis de la cour, de la ville, pour me cacher, me
perdre dans la foule, disparaître, moins que les
moindres, infime parmi les infimes !...

— Pasteur de buffles !.., s'écria Tige-d'Or avec
ironie.

La reine se taisait, les yeux troubles, regardant
vers les lointains de ses pensées.

Une trompette sonna dans le camp ; un chant
mince, aigu, clair comme un rayon et qui sembla
percer le mur de satin.

« Gloire à la reine ! criait-il, soyons son rempart,
veillons sur elle ! »

Comme cinglé par cette fanfare royale, le juste
orgueil reprit son éclat ; les yeux se dévoilèrent,
Ba-Tioune-Tiac redevint la volonté souveraine, au
masque impassible.

— Parle, Tige-d'Or, dit-elle, enseigne-lui l'histoire de l'Annam en ces trois dernières années.

Et Tige-d'Or parla :

— Je revois, dit-elle, la salle aux colonnes rouges
où s'enroulaient des dragons d'or, et les gardes, avec
la grimace de leur face peinte ; ils tenaient à deux
mains, la pointe vers les dalles, leur lance à large
lame ; je revois, la plume de paon au bonnet, mais
le deuil sur le front, les courtisans, debout en
face du trône, échelonnés jusque sur les marches
qui montaient du jardin, et derrière eux, sur le

gravier de la grande allée, porté par deux lions de pierre, le gong de justice, que personne ne frappait plus.

« Celui qui était assis sur le trône et, au nom du Fils-du-Ciel, l'empereur Kouan-Vou-Ti, gouvernait le pays des Giao-Gi, eût été réprouvé par les tigres comme trop cruel; il usurpait cependant la forme humaine.

« Ce jour-là, à l'ivrogne, à l'infâme, au mons- trueux To-Ding, de nouveaux époux, le vertueux Khisak et Fleur-Royale, la belle et pure, devaient, selon les rites, offrir des présents et faire leur sou- mission.

« Devant le trône, un lac de sang, sur les dalles, barrait la route; la jeune épouse qui s'avançait y mira tout à coup son visage épouvanté.

« Un pari effroyable venait de prendre fin. Les courtisans de la débauche et du crime, vautrés sur des coussins, riaient encore, en enfilant des pièces d'or au ruban de leur ceinture.

« Des femmes éventrées gisaient là. En les voyant Khisak ne put retenir un mouvement de colère et de révolte; il fronça les sourcils, serra les poings. La face de To-Ding s'empourpra et un horrible rire découvrit ses dents.

— Te crois-tu le censeur royal, s'écria-t-il, pour oser me montrer une autre expression que celle de l'humilité et du respect? Tu peux y joindre celle de la crainte, car ta longue tête avec ses yeux étroits,

ses rares poils gris et les rides d'orgueil qu'a gravées
sur ton front une fausse renommée, ne me plaît
guère, et toute tête qui me déplaît roule dans le sang.

« Ce fut au milieu d'un silence blême, qui suspendit toutes les respirations, que vibra la réponse
de Khisak, ses dernières paroles.

— Celui qui meurt, comme tu mourras, sur le
fumier de ses crimes, cria-t-il, peut craindre la fin,
car son âme tombe au corps d'un pourceau; mais
l'âme des sages s'envole auprès des immortels!

— Envole-toi donc! hurla To-Ding.

« Et aussitôt, sur un signe qu'il fit au bourreau,
la tête de Khisak roula dans la flaque sanglante.

« Fleur-Royale ne cria pas, ne fit pas un geste;
mais sa lèvre tremblait et son regard était terrible.

« Je m'approchai d'elle pour la soutenir, pour
partager son sort, car le glaive abaissé, dont la pointe
laissait fuir un serpent rouge, pouvait se relever.

« Ah oui! je la revois cette assemblée, figée dans
une stupeur d'effroi! Toutes ces faces de lâcheté, ces
rictus qui se croyaient des sourires et, aux pieds de
l'épouse, la noble tête aux yeux élargis et dont la
bouche ouverte semblait crier un ordre!...

« L'indignation m'étouffait, je ne pouvais la contenir, elle allait déborder de moi-même en insultes
et en sanglots, quand Fleur-Royale saisit, par le
chignon dénoué, la tête de son époux et s'enfuit en
jetant une clameur tellement surhumaine que beaucoup des assistants tombèrent à genoux.

« L'infâme To-Ding s'était levé du trône et il quitta la salle, gagnant en hâte l'intérieur du palais, comme si lui aussi s'enfuyait.

« Moi j'arrachai le glaive encore terni à la main du bourreau et je suivis Fleur-Royale.

« Elle était déjà arrêtée dans la grande allée, devant le gong de justice et tenant toujours par les longs cheveux la tête de Khisak. Tout à coup, cette tête tournoya et vint frapper violemment le disque sonore.

« Oh! les sons lugubres et terrifiants!

« A chaque heurt du crâne, ils s'enflaient, grondaient, roulaient d'échos en échos, bruit d'écroulement, de cyclone, de flots déchaînés. C'était un prodige. Le ciel parlait, et toute la ville l'entendit.

« On accourait de tous côtés; les gardes jetaient leurs armes, les esclaves se prosternaient, le peuple tendait les bras.

« Et la veuve, avec la tête de l'époux, frappait toujours, et dans le formidable tumulte on croyait entendre les plaintes des opprimés, les cris de fureur, les cris de vengeance.

« To-Ding sortit du palais, le fouet de commandement à la main, au milieu des guerriers chinois de son escorte. Il croyait, par sa présence, imposer le respect, réduire au silence cette populace. Mais lorsqu'il parut au sommet des marches, une telle clameur de haine éclata que le tyran devint pâle et fit un pas en arrière.

« Fleur-Royale cessa de frapper le gong; parmi les armes qu'on avait jetées sur le sol, elle ramassa un arc, prit une flèche dans un carquois et la lança vers To-Ding. Le Ciel conduisait son bras, car la flèche atteignit le monstre qui tomba sur un genou.

— Ma sœur fidèle, va, et tranche-lui la tête, me cria Fleur-Royale. Ce glaive est pour cette action en ta main.

« Aussi prompte que sa volonté, j'obéis à ma sœur; je gravis les marches en deux bonds et, aidée aussi par le Ciel, d'un seul coup je fis tomber la tête de To-Ding.

« Des mandarins annamites avaient saisi à la gorge les guerriers chinois, qui voulaient se porter au secours de leur maître; ils les renversaient et les terrassaient, tandis que je montrais à la foule la tête grimaçante du tyran.

« Fleur-Royale posa le pied sur le corps de ce pourceau qui dégorgeait une cascade rouge du haut de l'escalier.

« Elle fit un geste de la main et un profond silence s'établit.

— Vois, peuple, dit-elle, vois ce que deux femmes ont pu faire : le noble Khisak est vengé, et toi, te voilà délivré de l'odieuse tyrannie qui t'écrase depuis si longtemps. Ce que vos cent mille bras robustes n'ont même pas tenté, nos mains fragiles l'ont accompli. N'avez-vous pas honte? Ne voulez-vous pas achever l'œuvre, prendre votre part de gloire!

« Une seule voix formidable clama :

— Oui, oui, nous le voulons : parle! parle encore!

— Eh bien! jetez loin de vous, et à jamais, les tronçons de la chaîne brisée ; redevenez libres, chassez l'envahisseur, le Chinois vorace, chassez-le du palais, de la ville, du royaume; rendez au pays des Giao-Gi l'indépendance qu'on lui a ravie. N'hésitez pas, ne tardez pas; aujourd'hui, à l'instant même, devant ce sang impur qui souille notre sol, choisissez un chef, qui vengera nos ancêtres et vous conduira à la victoire!

— Toi! toi seule! clama la foule, sois le roi, sois le maître; nous t'obéirons, nous te suivrons.

« Elle resta un instant silencieuse, les yeux levés vers le ciel, puis elle dit d'une voix ferme et haute :

— Les dieux m'ordonnent d'accepter. Ils me guideront et me soutiendront. Je serai votre volonté et vous serez ma force. Le roi de l'Annam vous le jure ici : Il va vous délivrer et conquérir son royaume!...

« Et Fleur-Royale étend les mains comme pour prendre sous sa protection tout ce peuple prosterné.

*　*

« Oh! les belles journées de batailles! les saintes victoires! les marches glorieuses! Fleur-Royale, sous l'armure et le casque aux ailerons d'or, semblait le

Seul, je défendrai le défilé (p. 23).

génie de la guerre. Quand elle paraissait, l'arc en travers des reins, le glaive au poing, guidant des genoux son cheval ardent, l'armée, fanatisée, se sentait invincible. En moins d'un mois, tous les Chinois qui n'avaient pas péri furent rejetés hors des frontières; soixante-cinq villes se soumirent au roi; l'éléphant qui nous portait dans les triomphes marchait sur la soie et les fleurs.

« Puis l'indépendance reconquise, ce furent les jours heureux, le peuple guéri de tous ses maux, la prospérité revenue sous le règne pacifique, plein d'équité et de sagesse.

« Elle est le roi de l'Annam! Et nul souverain autant qu'elle n'a mérité l'amour de ses sujets. »

— Tu as fait cela, sanglotait Lée-Line, le front dans la poussière, aux pieds de Fleur-Royale. Tu as fait cela, sainte héroïne! et moi, misérable, je te pleurais dans la solitude, au lieu d'être là pour te servir, mourir pour toi!...

— Relève-toi, Lée-Line, dit le roi, relève-toi pour me servir... Je te nomme chef suprême de l'armée: le premier du royaume après Tige-d'Or qui est comme moi-même. Tu n'étais pas aux jours de faste et de gloire; muré dans la douleur, telle la larve qu'enferme le cocon étouffant, tu n'as rien vu, rien su de la vie. Tu reviens quand le ciel s'obscurcit, hélas!... Puisse ton courage soutenir le mien! Écoute : après trois ans d'humiliation muette, la Chine formidable se relève contre nous. Des guerres

2

civiles absorbaient les forces de l'ennemi : mais les
révoltés, les terribles Sourcils-Rouges ont été
vaincus, l'empereur Kouan-You-Ti a tourné alors
ses regards vers le Sud, et il a ordonné de recon-
quérir le beau pays des Giao-Gi qui fut si longtemps
son vassal. A l'automne dernier la guerre s'est
rallumée, guerre d'escarmouches, d'embuscade, de
ruses et de fatigues sans fin. Je n'ai pas faibli; l'automne et l'hiver ont passé, les Chinois n'ont rien
gagné sur nous. Mais le sang de l'Annam s'épuise et
le leur est intarissable; nous sommes comme un lac
en face de l'Océan. De funestes présages ont marqué
le commencement du printemps : le soc de la charrue
s'est brisé, tandis que, selon le rite, je creusais un
sillon pour les premières semailles; une sécheresse
dévorante brûle les moissons et prépare la disette.
Hélas! les Dieux distraits ne me soutiennent plus,
l'angoisse serre mon cœur, mes bras se brisent sous
un poids trop lourd...

— Je serai ton rempart et ta force, s'écria Lée-
Line, je le veux, et tu as bien prouvé, toi, que la
volonté peut tout.

La mince fanfare sonna une alarme et les rideaux
de la tente brusquement écartés, trois mandarins en
armes parurent. C'étaient les ministres les plus
fidèles, les plus braves : Koo-hoang, Nhat-ham et
Hop-pho.

Fleur-Royale se leva fière et calme, le front
intrépide :

— Parlez!

— Les Chinois ont franchi la frontière d'Annam,

— Ils couvrent les montagnes de Langson, emplissent les vallées.

— Lu-Lan, un de leurs chefs les plus vaillants, marche à leur tête.

— Les Dieux marchent avec nous, dit le roi, et comme toujours ils nous conduiront à la victoire. Fais ton devoir, Léc-Line, préparez-vous tous pour une grande bataille. Demain, dès l'aube, nous livrerons un combat décisif. Laissez-moi maintenant seule avec ma sœur; nous passerons la nuit en prières.

*
* *

Le roulement des chars de guerre, répercuté par les gorges des montagnes, le piétinement cadencé des chevaux en marche, le heurt des armes, les ordres hurlés par des voix rauques, les galops précipités sur les pentes vertes des collines; puis la mêlée furieuse, sous les étendards qui flottent et le hérissement des lances (1)!

L'océan chinois a débordé dans les vallées de l'Annam, mais la libératrice du royaume se dresse devant lui comme une digue, l'empêche d'aller plus loin, le repousse.

(1) Cette bataille fut livrée l'an 42 de notre ère.

Elle conduit le centre de l'armée, Tige-d'Or commande l'aile droite, Lée-Line l'aile gauche.

Et les heures brûlantes s'écoulent, la lutte s'acharne sans répit. C'est la confusion, le carnage, le délire du désespoir.

Cependant Lée-Line fait des prodiges. Peu à peu devant lui l'ennemi recule, harcelé par ses deux glaives qui semblent des serpents furieux dont chaque morsure ouvre une fontaine sanglante.

Mais, hélas! que de morts, que de vides dans l'héroïque armée de Fleur-Royale! Un contre dix au début du combat, les soldats de l'Annnam ne sont plus qu'un contre cent. Et pourtant, ce sont eux à présent qui marchent sur la terre chinoise : ils refoulent dans les gorges étroites les guerriers du Fils-du-Ciel.

Ceux-ci, harassés d'avoir tant tué, ont l'air de céder, de s'enfuir. Leur chef Lu-Lan, blessé au visage, du geste et de la voix les entraîne en arrière et bientôt tous s'éloignent, disparaissent, abandonnent le lieu du combat.

* *
* *

— Lée-Line! Lée-Line! Fleur-Royale t'appelle : elle est blessée, blessée à mort!

Tige-d'Or a rejoint le prince qui poursuivait l'ennemi, et Lée-Line, avec un sursaut doulou-

reux, s'arrête court, tourne bride, revient ventre à
terre.

La reine est restée à cheval, si pâle qu'elle semble
une statue d'ivoire. On lui a enlevé sa cuirasse pour
comprimer sous les plis d'une écharpe sa poitrine
qui saigne. Dans l'ardeur du combat ses cheveux se
sont dénoués sous le casque ; l'héroïsme et la fièvre
font resplendir ses yeux.

— Merci, Léc-Line, dit-elle, je te dois ces dernières heures de victoire. C'est grâce à toi que mon
sang, comme un sceau royal, a mis sa marque sur
le sol ennemi. La fin est venue pourtant, et c'est ici
l'adieu suprême !

— L'adieu !... non, pas entre nous : me voici, et
où tu iras, j'irai.

Leurs chevaux se touchent, Léc-Line soutient de
son bras la reine qui défaille et appuie sa tête lasse
sur l'épaule du guerrier.

— La vie nous a séparés, dit-elle, puisse la mort
nous réunir. Regarde dans mon cœur, la blessure, en
ouvrant ma poitrine, l'a mis à nu... Regarde, tu y
verras ton image ; il était le temple où je gardais ton
souvenir. O compagnon de mon printemps !

— Ah ! ne restons pas sur la terre ! s'écria Léc-
Line, ce n'est plus notre place : le pasteur de buffles
est devenu l'égal des dieux,

— Tes yeux brillent comme des phares à l'entrée
des pays célestes ; ils m'annoncent le repos délicieux
après la tempête...

— Alerte! cria Tige-d'Or.

Une colère trembla dans sa voix.

— Tu es toujours le roi de l'Annam, tu n'es pas libre encore ; avant la mort, veille à ta gloire.

Et elle cravacha les chevaux, pour déchirer cet adieu qui commençait l'éternité.

— Tout n'est donc pas fini! dit la reine, qu'y a-t-il?

Des éclaireurs étaient là, revenus en hâte, haletants.

A quelques minutes de marche, une armée formidable s'avançait. Le général Ma-Vien, le plus illustre des chefs chinois, dont la fille avait épousé l'héritier du ciel, la conduisait. Toute cette horde, que l'on avait vaincue, n'était que l'avant-garde de l'armée véritable.

— Quelques centaines de soldats blessés et harassés, c'est tout ce qui nous reste, dit Tige-d'Or.

— Ah! je ne veux pas tomber entre les mains de l'ennemi! s'écria Fleur-Royale. Je dois mourir sur la terre d'Annam, reconquise par moi, reperdue aujourd'hui, hélas! C'est ce sol sacré qui doit boire mon sang. C'est dans l'air natal que doit s'exhaler mon souffle. Sauve-moi, Lée-Line, protège ma fuite : sois pareil aux dieux, barre la route à toute cette armée, qu'elle me laisse le temps d'atteindre la rivière du Cam-hé.

— Je le ferai, dit le prince : emmène tous ces soldats hésitants, qu'ils soient ton escorte. Seul je défendrai ce défilé, assez de temps pour que tu atteignes la rivière, et après, je le jure, j'irai te rejoindre. Tu m'as enseigné par l'exemple que la volonté peut tout.

— Adieu donc, dit Tige-d'Or, tu me retrouveras aussi.

— A bientôt, cria la reine, la récompense nous attend.

Et les chevaux s'enfuirent au galop, tandis que Fleur-Royale, retournée sur sa selle, vers Léc-Line, du doigt lui montrait le ciel...

*
* *

Sous l'ombre épaisse des banians séculaires aux colossales ramures, deux par deux, les bonzesses marchaient, le front grave, laissant traîner sur les dalles disjointes de la chaussée leur longue tunique grise à manches très amples. A droite et à gauche, elles montent lentement les escaliers de pierre qui conduisent au terre-plein de la pagode.

Une grosse cloche gronde et tinte à coups irréguliers.

On voit s'étager les toitures du temple, les trois toitures pourpres de moins en moins larges, dont les angles se relèvent comme des pointes d'ailes. Sur les arêtes sont sculptés le dragon Long et l'oiseau Foo-

Ouan. Plus haut que l'édifice les arbres géants étendent leurs branchages touffus.

Deux éléphants noirs, en terre peinte, pourvus de défenses naturelles, flanquent la porte du sanctuaire qui creuse un carré sombre comme la bouche d'une caverne. Les bonzesses apparaissent un instant, blanches sur cette ombre, puis elles s'enfoncent dans la nuit.

A l'intérieur, la lumière du jour ne pénètre pas. De grands flambeaux et des lanternes de soie éclairent les draperies rouges qui voilent l'autel sur ses quatre faces et dont les plis somptueux tombent des hauteurs obscures. A droite et à gauche, de petites chapelles, fermées par des stores transparents, laissent voir confusément des statuettes dorées, et, entre les chapelles, sur les murailles, sont sculptés des tigres, des tortues géantes, des chevaux ailés.

Une femme au noble visage sous ses longs cheveux blancs, la supérieure des religieuses, est accroupie sur une natte, en avant de l'autel. Toutes les bonzesses se rangent en demi-cercle autour d'elle et s'accroupissent chacune sur une natte.

La cloche cesse de tinter, laissant ses dernières vibrations trembler longtemps. La supérieure fait un geste et les rideaux de pourpre, s'enroulant sur eux-mêmes, remontent vers le plafond invisible.

Sur un piédestal de marbre, deux statues colossales apparaissent, deux femmes agenouillées, les mains tendues vers le ciel. L'une est vêtue d'une

Ti-Fan qui préside aux orages (p. 36).

robe de satin jaune, l'autre d'une robe de soie rouge. Une mitre extrêmement haute, surchargée de fleurs d'or, les coiffe. De chaque côté des inscriptions disent le nom des déesses :

BA-TIOUNE-TIAC, BA-TIOUNE-NHI,

Sur les tables des offrandes, couvertes de vases précieux et de flambeaux allumés, les desservantes entassent des fruits et des fleurs ; d'autres jettent sur les braises des grandes cassolettes de bronze, les bois odorants dont la fumée monte en minces filets qui oscillent.

Un gros livre, posé sur un pupitre, est ouvert devant la supérieure.

— Aujourd'hui, jour anniversaire de la grande bataille, dit-elle, je dois vous dire le récit de la sainte mort du Prince à la Tête Sanglante.

Et en balançant un peu son corps, au rhythme de la mélopée, elle psalmodie d'une voix monotone :

« Cent mille guerriers ! Cent mille guerriers ! Ils couvrent les sommets, les pentes, les vallées.

« Les fils du Dragon viennent pour dévorer l'Annam. Ils veulent saisir les deux femmes sublimes qui leur ont infligé tant de défaites et les ont chassés du beau royaume qu'ils avaient conquis.

« Cent mille guerriers ! Cent mille guerriers chinois ! Ils atteignent l'étroit défilé qu'il faudra franchir pour entrer dans le triste pays d'Annam.

« Un seul homme est là qui barre la route, un seul homme vivant. Mais toute une foule de morts qui défendent encore leur roi, car, remis debout, ils obstruent la route et font face à l'ennemi avec des visages effroyables.

« Le vivant, c'est le prince Lée-Line, qui a juré d'arrêter toute cette armée assez longtemps pour que les deux sœurs royales puissent atteindre la rivière Cam-hé.

« Cent mille guerriers! Cent mille guerriers chinois! Le prince lance des flèches et fait des morts parmi eux. Et les morts ennemis qui s'entassent, barrent aussi la route.

« Des milliers de flèches volent vers le prince, mais elles ne l'atteignent pas; il les saisit au vol et les renvoie à l'ennemi, de sorte qu'il ne manque jamais de flèches.

« — C'est un prodige! crient les assaillants. Et le prodige dure jusqu'au soir.

« Alors, plein de colère, le général Ma-Vien s'avance lui-même, il franchit les morts et vient combattre le prince.

« — Je peux mourir à présent, dit Lée-Line, j'ai tenu mon serment, les deux sœurs ont atteint la rivière.

« Il lutte encore, pourtant; mais Ma-Vien le frappe de son glaive, l'atteint au cœur; puis lui tranche la tête.

« Cent mille guerriers! Cent mille guerriers chinois! toute l'armée victorieuse a passé sur le corps du prince; elle s'éloigne par les pentes, par les vallées, disparaît.

« Alors le héros se relève. Il ramasse sa tête sanglante et la replace sur son cou sanglant.

« Et d'un pas rapide il marche, il marche vers la rivière de Cam-hé.

« De grosses gouttes de sang tombent sur sa route, sa tête sanglante pleure de grosses larmes rouges.

« Mais dès qu'une de ces gouttes touche la terre, un cheval ailé s'envole, l'emporte au ciel, laissant à la place où elle est tombée un bloc de pierre qui a la forme d'un cheval ailé!

« Le Prince à la Tête Sanglante a atteint la rivière de Cam-hé. Une foule d'hommes et de femmes pleurent agenouillés sur la route; ils contemplent deux mortes, couchées sur un radeau de fleurs qui lentement remonte le courant.

Ils pleurent : ils ont reconnu le roi de l'Annam et sa sœur héroïque. Ils s'efforcent d'attirer les corps sur le rivage, mais ils ne peuvent y réussir : la force de tant de bras est impuissante.

« Mais le Prince à la Tête Sanglante s'avance et, aussitôt, de lui-même, le radeau de fleurs s'approche, touche la rive.

« Alors le Prince se couche aux pieds des deux saintes et sa tête sanglante roule de ses épaules.

« A la place même où eut lieu le miracle, on éleva la Pagode des Deux Princesses, qui nous abrite encore aujourd'hui et où ma voix chante pour vous.

« Les colonnes orgueilleuses élevées par le chef chinois et qui disaient : « L'Annam périra le jour où elles seront renversées », ont disparu depuis longtemps.

« Mais les noms de Ba-Tioune-Tiac et de Ba-Tioune-Nhi sont encore dans tous les cœurs, sur toutes les lèvres. Les deux héroïnes, devenues déesses, veillent sur l'Annam sans se lasser jamais.

« Car il y a aujourd'hui mille huit cent cinquante-sept années que le Prince à la Tête Sanglante vint tomber aux pieds des sœurs glorieuses. »

UNE DESCENTE AUX ENFERS

UNE DESCENTE AUX ENFERS

Un jour la belle Miou-Chen s'éveilla d'un long sommeil. Elle était dans une forêt sauvage, couchée sur des lotus ; à ses pieds dormait un tigre couleur de jade.

Tandis qu'elle promenait autour d'elle ses regards surpris, elle vit venir entre les arbres un jeune garçon à la peau brune et luisante qui portait un étendard claquetant dans l'air et froissant le feuillage.

L'enfant s'approcha d'elle, et, appuyant sur le sol la hampe de sa bannière, il la salua.

— Je viens à toi par l'ordre du seigneur des enfers, dit-il ; le grand Roi de Jade admire ta sagesse, et si ton courage est sans défaillance il consent à te laisser franchir la porte de la terrible cité de Fou-Tou-Tchan et visiter son royaume.

Miou-Chen se leva sans trembler, et à travers la

sombre frondaison, regarda les étroits lambeaux du ciel bleu.

— En quelque lieu que je me trouve, tant que ma vertu ne faiblira pas, le maître du ciel me protégera, dit-elle.

— Viens donc, dit le jeune garçon, en soulevant la bannière sanglante, le roi des dix enfers t'attend près du pont d'or de Pou-Tien!

Bruyamment il se fraya un chemin à travers les branches et Miou-Chen le suivit.

Ils sortirent de la forêt et entrèrent dans une vallée solitaire. Après avoir marché quelque temps, Miou-Chen aperçut un homme assis sur le sol, à l'entrée d'une grotte, et elle s'arrêta surprise, car cet homme était entouré d'une bande de démons qui l'assaillaient, tandis que des scorpions escaladaient son corps. A sa gauche des êtres aux corps de léopards, aux faces effroyables, remuaient des chaînes rougies au feu et secouaient des serpents furieux. Une affreuse diablesse, les seins pendants, la tête chauve, les muscles décharnés, tenait une grenouille par la patte et avec un rire stupide et édenté la faisait gigoter devant les yeux du patient. A sa droite deux jeunes filles d'une beauté surhumaine, magnifiquement parées, mais laissant entrevoir sous leur robe une queue de renard et des pieds difformes, faisaient luire leur beau sourire et leurs regards caressants, tandis que leurs lèvres roses murmuraient de douces paroles.

Supplices de damnés (p. 37).

Miou-Chen dit à l'envoyé du roi des enfers :

— Quel est cet homme malheureux?

— Cet homme est le sage Ma-Min. Le grand Roi de Jade lui a envoyé ses diables pour le tenter.

Alors Miou-Chen s'approcha du sage :

— O! Ma-Min, dit-elle, je vois ta pensée immaculée monter de ton front comme une vapeur et former la nuée glorieuse qui t'élèvera au royaume des immortels.

Puis la jeune fille continua sa route vers les enfers. Elle arriva dans la province de Sée-Tchoen, et atteignit le pont d'or qui aboutit à la porte de l'enfer. Comme elle allait le franchir, elle fut contrainte de reculer par une foule tumultueuse d'hommes et de bêtes qui accourait de l'autre extrémité du pont. Et comme elle s'étonnait :

— Tu vois ici ceux qui reviennent à la vie sous une forme nouvelle, lui dit son jeune guide : ces rois superbes étaient autrefois pauvres et vertueux; ces mendiants difformes furent pleins d'orgueil ; ces reptiles qui se traînent en sifflant ont été des hommes envieux et sournois; ces oiseaux étaient de jeunes fous au cœur léger et insouciant; quant à cette bande d'ânes qui ruent et braillent, ce sont pour la plupart d'anciens fonctionnaires sans probité.

Lorsque le troupeau bruyant se fut éloigné, Miou-Chen passa le pont et se trouva devant la porte voûtée et jaune, comme une porte impériale, de Fou-Tou-Tchan la cité sévère. De chaque côté de

3

l'entrée deux démons, l'un ayant une tête de bœuf, l'autre une tête de cheval, faisaient sentinelle; un troisième être couleur de suie, et dont la tête était en fer, balayait le seuil. A l'approche de la jeune fille il s'écarta et les portes s'ouvrirent. Elle entra; derrière elle, avec un retentissement plaintif, les lourds battants retombèrent.

Elle longea les larges rues de la ville de justice, suivant la foule des nouveaux morts que des soldats poussaient vers le palais des jugements suprêmes. Elle vit à l'angle des carrefours ainsi que des monceaux de débris inutiles, de vieux registres déchirés, des instruments de torture rompus par l'usage, et qui n'étaient plus bons; mais plus loin des forgerons actifs battaient l'enclume et tordaient le fer.

Le jeune garçon qui guidait Miou-Chen pénétra dans la salle d'un vaste palais, et la jeune fille après lui. Elle aperçut alors le Roi de Jade sur son trône, elle admira sa coiffure frangée de perles et son visage couleur d'orange mûre, respirant la franchise et l'équité. En face de lui, sur une estrade, se dressait le tribunal dernier auquel siégeait le grand juge Loun-Yo, sous deux bannières flamboyantes d'étoiles, assisté de nombreux serviteurs feuilletant et mettant en ordre les dossiers des morts appelés. Tout autour de la salle étaient assis les mandarins de l'enfer : Fou-chou, porteur de la lance à trois dards; Pen-Tchan, le gourmand, le pou-sah de la bonne chère; Ti-Tsan, prêtre du culte infernal, et Ta-Tcha, l'espion nocturne qui enregistre les insomnies et les rêves criminels.

Le Roi de Jade salua Miou-Chen et lui dit :

— Veux-tu, jeune fille, descendre avec moi les soixante-douze degrés de l'enfer.

Elle fit signe que oui et le roi se leva de son trône. Miou-Chen vit alors au milieu de la salle un gouffre béant, et les premières marches d'un escalier de pierre. Le roi commença à descendre; elle le suivit et s'enfonça tremblante et pâle dans les lourdes ténèbres de l'enfer.

Bientôt, des hurlements et des sanglots s'élevèrent comme une bouffée amère. La jeune fille vit au-dessous d'elle un précipice peuplé de serpents, de dragons et de monstres furieux : un pont étroit le traversait et était gardé par le démon de cet enfer assisté d'un guerrier à tête de bœuf, portant un écriteau où l'on voyait écrit : « le Bien et le Mal ». Les damnés étaient poussés vers ce pont et, trébuchants, pleins d'épouvante, ils tombaient, avec des cris d'horreur, sur les gueules béantes et avides.

— Ceci est la première région de la pénitence, dit le roi; tu vois les ambitieux cruels et gonflés d'orgueil.

Et il continua à descendre.

Elle vit alors un démon pâle et immobile assis sur un trône de glace, le corps couvert de neige; autour de lui était un lac glacé, et, comme prises dans des cangues de cristal, les têtes violacées des condamnés, dont les dents claquaient avec un bruit sinistre, dépassaient à des intervalles égaux la surface dure de l'étang.

Miou-Chen pleurait et ses larmes se figeaient sur ses cils.

— Ces hommes sont les avares et les riches implacables, qui laissèrent mourir de froid, à la porte de leur palais, les mendiants qui suppliaient, dit le Roi de Jade.

Ils atteignirent le troisième enfer où étaient torturées des femmes attachées à des poteaux. Plusieurs démons au corps sanglant leur arrachaient les entrailles et les remplaçaient par des charbons ardents, ensuite ils recousaient la peau.

— Celles-ci sont les épouses adultères. Que leurs entrailles coupables subissent le remords brûlant.

Et le roi s'enfonça vers la quatrième région. Là se trouve une vaste mer de sang, dans laquelle se débattent une foule d'hommes et de femmes, tandis que sur ses flots épais navigue la nacelle du diable de cet enfer. Ce diable était entièrement vêtu de blanc et portait sur la tête un immense chapeau conique. Lorsque les damnés s'approchaient pour escalader la barque, il écarquillait les yeux, tirait la langue, et en se tordant de rire les repoussait d'un coup de pied.

— Tu assistes au supplice des débauchés et des femmes de mauvaises mœurs, dit le roi : ce diable blanc, c'est Ti-Fan, qui préside aux orages.

Miou-Chen descendit encore quelques marches, et vit le cinquième enfer, dont le sol est pavé de glaives et de lames tranchantes, sur lesquels les démons font courir sans relâche les juges iniques et les calomniateurs.

Le sixième enfer est le plus terrible. Le diable qui le régit, avec sa face borgne couleur d'ébène, hérissée de poils rouges, est le plus redoutable des diables. Sous ses ordres, les damnés, emprisonnés dans une auge de bois, sont sciés lentement et méthodiquement avec une soie édentée.

En pénétrant dans cette région, Miou-Chen soupira, et mit la main sur ses yeux, mais le Roi de Jade lui dit :

— Ne gémis pas ainsi, jeune fille, car ces hommes sont des parricides.

Elle descendit rapidement l'escalier lugubre et atteignit le septième enfer où les victimes hurlaient dans l'huile bouillante.

Ceux-ci sont les empoisonneurs.

La jeune fille, le cœur plein de tristesse, versant des flots de larmes, arriva au huitième cercle, et vit qu'un énorme coutelas, se levant et s'abaissant, tranchait en mille morceaux le corps des voleurs et des assassins.

Dans la neuvième région infernale, des meules de fer broyaient les incendiaires, tandis que des chiens furieux léchaient le sang et arrachaient les lambeaux de chair aux suppliciés.

Elle atteignit enfin le dernier des dix enfers, où l'on brise les dents dans la bouche des menteurs, et où les langues sont arrachées avec des fers rouges. Là, elle se jeta à genoux, et tordant ses bras, cria :

— A-Mi-To-Fo! (1)

Puis, perdue dans une prière ardente, elle demeura longtemps immobile.

Alors, lentement une pluie de lotus descendit sur le sol; de cercle en cercle, on entendit les cris de rage des démons et le bruit des instruments de torture qui se brisaient; les damnés délivrés de leurs souffrances entonnèrent des chants d'allégresse dont le bruit s'envola vers le ciel occidental.

Miou-Chen est vénérée aujourd'hui, en Chine et au Japon, sous le nom de Kouanine ou Kouan-Chi-In. C'est la Déesse de la Miséricorde.

(1) O grand Boudha!

LA TUNIQUE MERVEILLEUSE

Bambou-Noir (p. 54).

LA TUNIQUE MERVEILLEUSE

HISTOIRE CHINOISE

1

. Un matin du plus froid hiver dont se souviennent les habitants de Nankin, une bande de jeunes gens descendaient de la ville noble vers le faubourg de Tsié-Tan, avec un grand bruit de voix et d'éclats de rire. Il faisait à peine jour, aucune boutique ne s'ouvrait encore; les rues étaient désertes, et un tel froid retenait au lit les dormeurs que, pour être levé à une pareille heure, il fallait ne pas s'être couché.

C'était le cas de ces jeunes hommes, qui faisaient claquer leurs semelles sur les dalles des rues et conversaient bruyamment sans respect pour le sommeil d'autrui; ils venaient de boire et de se divertir toute la nuit, à l'occasion du mariage d'un de leurs amis. Échauffés par le vin de riz, ils ne sentaient pas le froid, contre lequel les protégeaient d'ailleurs les plus belles et les plus chaudes fourrures. Les uns avaient leur manteau de soie doublé de renard noir, d'astrakan blanc, de rat de Chine; les autres, de peau de lynx, de cerf ou de pélican; un seul portait, comme s'il eût été prince, du dragon de mer, cette merveilleuse fourrure qui n'a pas sa pareille. Tous avaient des bottes de satin noir fourrées et des capuchons de velours, plus ou moins brodés, par-dessus leur calotte.

Ces jeunes gens étaient arrivés au faubourg Tsié-Tan, tout en continuant à rire et à causer.

— Chut! mes amis, nous approchons, dit, un doigt sur ses lèvres, celui qui marchait en avant.

Ce jeune homme était le moins somptueusement vêtu de la joyeuse bande, mais c'était le plus charmant de visage et de tournure.

— Bambou-Noir, a raison, dit un autre; adoptons l'allure silencieuse des poissons qui glissent dans le fleuve blanc.

Tous se turent et se mirent à marcher, avec des précautions exagérées, le long de la muraille.

— Voici la maison de Rouille-des-Bois, reprit Bambou-Noir, cent pas plus loin.

Bambou-Noir appela d'un geste un domestique qui suivait à quelque distance les jeunes seigneurs. Le domestique s'avança; il portait un rouleau de papier de diverses couleurs et un pot à colle.

On déroula les papiers, et, avec des rires étouffés, les jeunes fous s'approchèrent de la maison désignée par Bambou-Noir.

Elle était d'assez belle apparence, mais délabrée et mal entretenue. L'émail vert de la petite toiture, retroussée aux angles, qui formait auvent au-dessus de la porte, était écaillé et manquait par places, les murs se fendillaient, et l'on ne distinguait plus de quelle couleur ils avaient été peints, sous les mille éclaboussures qui la couvraient. La rouille dévorait la tortue de fer qui servait de marteau ; on voyait enfin que le propriétaire refusait à sa demeure les réparations qu'elle réclamait impérieusement

Une affiche, d'un beau rouge pourpre éclatant, apparut bientôt sur le ton sale de la porte. De gros caractères, élégamment tracés, s'alignaient en co-lonnes.

« Chaque être, chaque chose, disaient-ils, porte le
« nom qui lui convient ; jamais on n'a vu une souris
« se faire appeler cheval, ni un monceau de fumier
« prendre le nom d'une fleur parfumée. Alors, pour-
« quoi Rouille-des-Bois, le vénérable propriétaire de
« cette maison, n'est-il pas nommé : l'Avare, le
« Ladre, l'Esclave-de-Ses-Sacs, ou de quelque autre
« titre analogue ? »

Une affiche bleue s'était étendue au-dessous de l'affiche rouge.

« Écoutez une jolie histoire, disait celle-ci. Un
« vénérable avare du faubourg de Tsié-Tan fut prié

« à dîner par un seigneur de la haute ville : l'avare
« accepta l'invitation, et, le jour venu, mangea avec
« grand appétit et but au point qu'il fallut le rap-
« porter chez lui. Les convives qui assistaient au
« dîner se hâtèrent, l'un après l'autre, de rendre au
« noble seigneur sa politesse; chaque fois l'avare
« fut invité, et il dîna successivement chez tous les
« convives du noble seigneur. Depuis lors, bien des
« lunes se sont écoulées, et, chaque matin, le noble
« seigneur interroge ses domestiques :
    « — N'est-il pas venu une invitation de la part du
« vénérable avare?
    « — Non, maître.
    « Et le seigneur fronce le sourcil. Quelquefois il
« fait battre ses domestiques, mais ceux-ci jurent,
« sur les mânes de leurs ancêtres, qu'ils n'ont point
« égaré l'invitation, car elle n'est jamais venue.
« A-t-on jamais entendu parler, dans l'Empire du
« Milieu, d'un pareil oubli des convenances? »
    Le jeune homme dont les épaules étaient élargies
par la douce épaisseur de la peau du dragon de
mer, s'appuyait sur Bambou-Noir, et relisait la
seconde affiche.
    — Ami! ami! dit-il à demi-voix, faut-il que nous
l'aimions pour nous exposer ainsi à nous voir
forcés de goûter à la cuisine de ton oncle vénérable!
    — Certes, dit Bambou-Noir, l'ordinaire des men-
diants et des vagabonds, qui sortent le matin de la

maison des Plumes-de-Poules (1) est préférable à celui où l'avarice a réduit ce malheureux homme; le fricot que se préparent les prisonniers, de leur main un instant désenchaînée, vaut mieux encore que celui fricassé par le pauvre Cerf-Volant, son domestique, qui a bien de la vertu de ne pas dévorer, avant de la servir, la maigre pitance, dont il n'a que les restes.

— Aïe! aïe! Tu nous épouvantes, dit l'un des jeunes gens, mais nous serons courageux. Que ne ferait-on pas pour obliger un ami?

— Je ne veux pas votre mort, dit Bambou-Noir, en riant; n'allez pas oublier de dîner copieusemen avant de vous rendre à l'invitation de cet avare.

— Bon! bon! Nous dînerons d'avance, dirent les jeunes seigneurs, en étouffant leurs rires.

— Éloignons-nous, dit l'un deux; voici que l'on commence à ouvrir les boutiques et le soleil fait étinceler le givre au bord des toits.

Bambou-Noir poussa un soupir et leva les yeux vers les treillis d'une fenêtre.

— Tu vas réveiller Perle-Fine, avec tes soupirs, dit le jeune homme aux belles fourrures.

— Ah! si je pouvais voir seulement le bout de son ongle, ou l'ombre de sa petite main, sur le papier de la fenêtre.

(1) C'est une sorte d'asile public où dorment les mendiants et les vagabonds. Il se compose d'une seule pièce dont le sol disparaît sous un amas de plumes de poules.

— Allons, patience! Si notre complot réussit, Perle-Fine sera bientôt ta femme.

Tous les jeunes gens s'éloignèrent et, avant de disaraître à l'angle d'une rue, ils jetèrent un dernier coup d'œil à la maison de Rouille-des-Bois.

Quelques passants s'étaient arrêtés devant les affiches et les lisaient, en se tenant les côtes de rire. L'un deux souleva le marteau de la porte et le laissa retomber bruyamment, puis tous s'enfuirent, dans toutes les directions.

II

Une vieille tête pointue et maigre, qui semblait taillée dans un ivoire centenaire, se glissa par l'entrebâillement d'une fenêtre et regarda en dehors. Au même moment un serviteur ouvrit la porte et promena ses regards surpris sur la solitude de la rue.

Ce serviteur était un jeune garçon, mince comme une tige de bambou, long, effaré, silencieux. Dès la première lune d'hiver, gelé jusque dans la moelle de ses os, il tremblait toujours comme un chien mouillé, mais ne s'imaginait même pas qu'on pût songer à se chauffer. Rouille-des-Bois l'avait élevé. A l'appel de son maître il se précipitait désespérément, les bras étendus, comme si un malheur était arrivé, et recevait l'ordre sans rien dire. Il remuait seulement ses grands yeux épouvantés et repartait subitement avec le même geste de désespoir. Pour lui, la vie était quelque chose d'incompréhensible et de terrible.

A la vue de ces affiches bariolant la porte, il sortit de son mutisme : les bras au ciel, il poussa une longue exclamation.

— Qu'est-ce donc, Cerf-Volant? dit le vieillard qui regardait d'en haut.

— Venez, s'écria Cerf-Volant, qui ne savait plus par quel geste exprimer son effroi.

Rouille-des-Bois retira sa tête, ferma la fenêtre et descendit. On entendait des grincements de clefs et de verrous tirés.

— Quoi donc? quoi donc? dit l'avare en apparaissant dans le cadre de la porte. Nous a-t-on volé la tortue de fer, ou quelque autre ornement extérieur?

Cerf-Volant attira son maître dehors et referma à demi la porte, pour bien la mettre en lumière ; puis il appuya ses mains sur ses tempes, comme s'il eût voulu empêcher sa tête d'éclater en face d'un pareil malheur.

— Oh! oh! s'exclama l'avare, prend-on ma maison pour le pilier public, ou bien, quelque poète sans renommée a-t-il choisi ma porte pour éditeur? En ce cas, il me payera une redevance.

Et Rouille-des-Bois, tirant de la manche de sa houppelande, en peau de mouton, râpée jusqu'au cuir, une énorme paire de lunettes, se la campa sur le nez.

A mesure que le sens des caractères arrivait à son

esprit, le visage de l'avare s'allongeait démesuré-
ment, comme s'il eût été reflété par une de ces boules
en cuivre poli qui ornent les balustrades.

— Hein! on m'insulte, murmura-t-il; on me
couvre de honte, on me déshonore, moi, un homme
vénérable, qui ai passé soixante ans et qui mérite le
respect! Avare! ladre! et cela parce que je suis
pauvre et économe!

Les passants, de plus en plus nombreux, s'arrê-
taient curieux.

Rouille-des-Bois arracha les affiches et fut sur le
point de les jeter dans le ruisseau; mais il se ravisa
en songeant que l'on pourrait en faire du feu. Il
rentra chez lui en fermant la porte avec colère.

— Que se passe-t-il donc, mon oncle? Pourquoi
sembles-tu irrité? dit une jeune fille toute pâle de
froid, qui entra d'un autre côté dans le salon d'honneur, au moment où Rouille-des-Bois y pénétrait.

— Faites donc le bien, s'écria le vieillard, très
animé, recueillez des orphelins, comme j'ai recueilli
Perle-Fine, soyez poli avec tout le monde, chari-
table comme Miaou-Chen (1), — n'ai-je pas, l'an dernier, distribué un bol de riz entre toute une armée
de mendiants? — pour être traité comme l'on me
traite, pour recevoir cette récompense!

Et il jeta au milieu du salon les deux affiches dont
il avait fait une boule.

(1) La déesse de la Compassion.

Perle-Fine les ramassa et les déplia. Tandis qu'elle les lisait, en tachant de reconstruire le sens à travers les déchirures, Cerf-Volant jeta quelques charbons ardents dans un grand réchaud de cuivre, à moitié empli de cendres. Mais ce maigre feu, par un froid pareil, était une amère ironie; il semblait geler lui-même dans cette grande pièce glaciale, que cinquante réchauds eussent à peine chauffée.

Cette salle avait été décorée, jadis, par les parents de Rouille-des-Bois, et gardait encore un air d'élégance. Une frise de bois rouge, toute découpée, courait autour des murs, près du plafond, où des poutrelles, autrefois peintes et dorées, s'entre-croisaient. La tenture était une vieille étoffe toute déteinte, mais on apercevait encore des traces de broderies. Seuls les meubles en bois de fer sculptés s'étaient embellis en vieillissant, mais quelques-uns boitaient. Dans un enfoncement, élevé d'une marche, apparaissait le banc d'honneur, sur lequel on fait asseoir les visiteurs; il était recouvert d'un petit matelas, plat comme une galette, que cachait une natte en fibre de bambou, toute effiloquée. C'était dans ce coin, un peu abrité des vents coulis, que Perle-Fine se tenait le plus souvent; elle transportait là le réchaud et déployait devant l'ouverture de l'enfoncement un vieux paravent dont la laque s'écaillait. Des poutrelles du plafond pendaient çà et là quelques grosses lanternes poussiéreuses.

— Eh bien! mon oncle, dit Perle-Fine, en levant

vers Rouille-des-Bois ses grands yeux obliques, frangés de cils superbes, il est bien facile de faire cesser cet affreux scandale ; il faut rendre à vos amis la politesse qu'ils vous ont faite.

— C'est cela que tu as trouvé? dit le vieillard, en haussant les épaules.

— Songez à votre dignité. Oseriez-vous paraître dans la rue, avec la crainte d'être insulté par les passants ?

— Puisque j'ai arraché les affiches, on ne les lira pas.

— Peut-être les a-t-on lues déjà, dit la jeune fille.

Rouille-des-Bois baissa la tête un instant, mais il n'était pas encore bien convaincu.

— Cerf-Volant! s'écria-t-il, va donc rôder sur le marché, et tâche de savoir si l'on est au courant de mon malheur.

Cerf-Volant leva les bras au ciel et s'enfuit. L'avare se mit à marcher à grands pas par la chambre autant pour se réchauffer que pour calmer son agitation. Mais le jeune serviteur ne demeura pas longtemps absent; il rentra précipitamment, tout effaré, les vêtements souillés de neige à demi fondue.

— Savoir, dit-il, Méchants!... Battu!...

Le pauvre garçon, lui, était avare de paroles; il ne prononçait jamais qu'un mot à la fois.

— Comment! on t'a battu, mon pauvre Cerf-Volant? dit Perle-Fine.

Cerf-Volant fit signe que oui et montra les projec-
tiles de neige qui s'étaient écrasés sur lui.

— Il faut se soumettre, dit Rouille-des-Bois, en
soupirant ; ils seraient capables de me traiter de
même. Tous ces gens-là veulent ma ruine et ma
mort.

— Voyons, mon oncle, vous ne mourrez pas pour
avoir donné un dîner, une fois dans votre vie.

— Ah! toi, si on t'écoutait, s'écria l'avare, nous
serions bientôt réduits à la mendicité. On dirait vraiment que tu me crois riche.

La jeune fille eut un sourire, mais, sans répondre,
elle alla prendre du papier rouge dans un tiroir.

— Allons, faites vos invitations, dit-elle.

— Voilà bien longtemps que je n'ai tenu un pinceau, dit Rouille-des-Bois, la main me tremble, écris
toi-même.

Perle-Fine s'assit et saisit le pinceau entre ses
petits doigts aux ongles longs.

L'opération fut laborieuse : à mesure que Cerf-
Volant délayait le bâton d'encre, l'encre gelait. La
jeune fille disait tout haut les noms qu'elle traçait
sur le papier rouge. Chaque nom arrachait un soupir à Rouille-des-Bois.

— Celui-là, c'est un avale-tout, disait-il, il mange
jusqu'à ce qu'il étouffe; cet autre est altéré comme
le sable des steppes de Tartarie; quant à celui-ci, il
jette à poignées les liangs d'or comme si c'étaient
des cailloux : le jour où j'ai dîné chez lui, on n'a pas

servi moins de quatre-vingt-douze plats ; te souviens-
tu, Cerf-Volant ?

— Oui!... fit Cerf-Volant, les yeux au ciel.

Il avait partagé avec les autres serviteurs les reliefs
du festin, et s'était donné ce jour-là une délicieuse
indigestion, la seule qu'il eût eue de sa vie.

— N'oublions pas d'inviter le seigneur Bambou-
Noir, dit la jeune fille. Il a la langue bien pendue, et,
tandis qu'il parle, on oublie de manger.

Cette raison sembla décider Rouille-des-Bois, qui
avait fait d'abord un geste de dénégation.

— A-Mi-To-Fo ! s'écria-t-il, lorsque les invitations
furent prêtes, que voilà une belle aventure ! N'était-
ce pas assez d'avoir à nous nourrir nous-mêmes ?
Faut-il donc encore donner la becquée à ces jeunes
fous qui, non contents de leur faim de lion, prennent
des drogues pour s'aiguiser l'appétit ?

Cerf-Volant, tout frissonnant de froid, prit les
papiers rouges, soigneusement pliés, et s'en alla pour
les porter à leur adresse.

III

Quelques jours plus tard, Perle-Fine emmitouflée
dans plusieurs robes, et soufflant dans ses doigts,
était assise auprès d'une petite table sur laquelle
était posé un livre ouvert qu'elle lisait à demi-voix.

« Les qualités qui rendent une jeune fille aimable

« sont au nombre de quatre : la vertu, la simplicité,
« la modestie et la beauté. »

Elle quitta le livre pour aller se regarder dans un
vieux miroir, nn peu trouble, et elle trouva qu'elle
n'était pas trop laide à voir.

— La beauté, se disait-elle, c'est la seule qualité
qu'il serait impossible d'acquérir. Si ce miroir ne
ment pas trop, et s'il est vrai que j'aie un peu de
celle-là, je suis sûre d'avoir les autres, tant je me
suis appliquée à les posséder. Alors! je suis une
jeune fille aimable!... Eh bien! à quoi cela me sert-il?
continua-t-elle tristement; à mourir d'ennui et de
froid, chez mon vieil oncle que torture l'avarice, et
qui jamais ne consentira à me marier, à cause des
frais de la noce.

Le froid augmentait de plus en plus. Perle-Fine
se leva, fit quelques pas rapides pour se réchauffer,
et ensuite continua son triste monologue.

— Pourquoi m'avoir nommée Perle-Fine, puisque
cette perle restera, sans doute, enfermée dans un
vilain écrin que personne n'ouvrira jamais.

Elle regardait le soleil rougir la neige.

— Un jour, dit-elle, la neige poudrera ma tête
sans que j'aie connu ni le printemps ni l'été.

A ce moment, le son d'une flûte se fit entendre. La
jeune fille, étonnée que quelqu'un eût les doigts
assez dégourdis pour jouer de la flûte, dehors,
par un froid pareil, crut d'abord que c'était là
quelque mendiant.

— Oh non, pensa-t-elle bientôt, il joue trop bien...
C'est l'air du Cormoran fidèle... Et machinalement,
elle chantonnait :

> Sur un seul pied, près de la rive,
> Le Cormoran t'adorera
> Aussi longtemps que coulera
> Belle rivière, ton eau vive...

A ce moment, Bambou-Noir entra brusquement
par la fenêtre, et la referma.

Perle-Fine, plus morte que vive, se mit à crier :

— Au secours ! au voleur !

Elle chercha à gagner la porte d'entrée, mais Bambou-Noir, d'un geste suppliant, l'arrêta en disant :

— Ne criez pas, je vous en conjure ; je ne suis pas
un voleur.

— Allez-vous en ! Allez-vous en ! répéta la jeune
fille.

— Perle-Fine, écoutez-moi, j'ai risqué ma vie
pour vous parler.

— Comment savez-vous mon nom ? dit Perle-
Fine, qui êtes-vous ? Votre présence ici m'outrage.

— Écoutez-moi : j'ai connu votre père et votre
mère. C'est pour leur obéir que je suis ici.

— Pour leur obéir ? dit Perle-Fine, un peu ras-
surée.

— Vous étiez toute jeune encore, trop jeune pour
vous en souvenir, lorsqu'ils vous ont fiancé à moi.
Quand ils sont morts, à peu d'intervalle l'un de

l'autre, ils m'ont fait jurer encore de ne pas oublier cet engagement.

Perle-Fine se souvenait confusément que ses parents lui avaient parlé aussi de fiançailles, mais elle était si désolée de leur perte, qu'elle avait écouté à peine. Plus tard, elle crut avoir rêvé cela.

— Votre nom n'est-il pas ! Bambou-Noir?... demanda-t-elle.

— Oui, oui, dit le jeune homme, c'est mon nom !... Vous voyez bien, il ne faut pas me chasser.

— Pourquoi donc agissez-vous d'une façon aussi contraire aux rites?

— Parce que depuis que vous êtes orpheline, votre oncle s'est emparé de votre fortune et ne songe guère à tenir les promesses faites aux morts ; parce que, si on ne le force pas par quelque ruse, il ne consentira jamais à faire les dépenses qu'entraîne un mariage, avare comme il l'est.

— Je le sais, hélas! dit Perle-Fine, et je suis résignée à vieillir fille.

— Non ! s'écria Bambou-Noir, si le complot que je médite réussit; mais d'abord, je devais vous voir : il fallait votre approbation; dites : M'acceptez-vous pour époux?

— Puis-je désobéir à mes parents? dit la jeune fille, les yeux baissés.

— Merci! merci! s'écria Bambou-Noir, et maintenant, écoutez bien : Ce soir même, Rouille-des-Bois, forcé par l'opinion publique et, sans doute, à regret, me reçoit à dîner avec plusieurs de mes amis; pendant le repas, secondé par les invités, qui tous sont complices, j'espère amener votre oncle à m'offrir votre main, et une somme de trois cents liangs.

— Trois cents liangs! s'écria Perle-Fine, effrayée.

— Je suis pauvre, malheureusement, reprit Bambou-Noir, et j'ai besoin de cette somme pour m'établir et vous faire vivre heureuse.

Perle-Fine secoua la tête, et dit tristement :

— Je resterai fille. Mon oncle, hélas! ne donnera jamais trois cents liangs !...

— Si! si! il les donnera, car s'il est avare, il est aussi très âpre au gain. J'ai confiance, mon stratagème est admirable. Pouvez-vous être présente pendant le repas, sans être vue?

— Oui, derrière ce paravent.

— Bien ! A un signe que je vous ferai, vous irez me chercher une poignée de neige.

— De la neige! s'écria Perle-Fine, pourquoi faire?

— Vous verrez... adroitement je prendrai cette neige... Vous verrez.

— L'époux, c'est le maître, répliqua Perle-Fine en s'inclinant. Il faut obéir, même sans comprendre. Que faut-il faire ensuite?

— C'est tout.

— Eh bien! partez vite; mon oncle peut rentrer d'un moment à l'autre, et tout serait perdu. Partez! partez!

Le jeune homme reprit le chemin par lequel il était venu et disparut.

Restée seule, Perle-Fine s'approcha de la fenêtre pour regarder s'éloigner son futur époux.

— Comme il est agile! pensa-t-elle; s'il tombait, pourtant!... le voilà dans la cour, il marche à reculons et efface la trace de ses pas. Voici qu'il escalade un arbre... il atteint la crête du mur... Ah! il a sauté dans la rue. Je le vois qui s'éloigne rapidement.

Mais elle referma vivement la fenêtre en entendant venir son oncle.

Quand il parut, elle s'agenouilla à demi devant lui.

— Votre enfant soumise vous souhaite bonheur et santé, dit-elle.

— Bonheur et santé! Voilà des choses dont j'ai grand besoin, riposta Rouille-des-Bois, en maugréant; mais je crois plutôt que je vais tomber malade. Un pauvre vieillard comme moi ne peut supporter tant de revers.

Et il se laissa tomber sur une chaise.

— Vous est-il arrivé quelque chose de fâcheux, mon oncle? dit la jeune fille affectueusement.

— Comme si je n'avais pas assez des ennuis que me cause le dîner de ce soir! Fallait-il encore me mettre en colère dans la même journée?

— Qui donc, mon cher oncle, vous a mis en colère?

— Qui? grogna Rouille-des-Bois, qui? moins qu'un homme, un chien.

A ces paroles, Perle-Fine se précipita anxieusement vers son oncle et lui dit :

— Il vous a mordu?

— Non. Ecoute : J'étais loin de la maison, ce matin, occupé d'affaires malgré mon âge — il faut bien gagner notre misérable existence! — L'heure du repas était passée et, comme je n'avais rien pris, par économie, à cause de ce dîner, j'étais bien faible. En traversant le marché, j'avise un rôtisseur qui venait de poser sur un plat un beau canard, tout fumant, bien doré, dont l'odeur seule vous réconfortait. Je m'approche, et, sous prétexte de le marchander, j'empoigne le canard dans ma main droite, et j'y enfonce mes cinq doigts jusqu'à ce qu'ils soient copieusement imbibés de jus; puis je m'éloigne, sans acheter le canard, naturellement; j'entre dans une boutique voisine et, m'asseyant sur un escabeau, je me fais servir un bol de riz. Tu vois d'ici quel repas succulent! A chaque cuillerée, je suçais un de mes doigts, mais après la quatrième cuillerée, fatigué par la marche, étourdi, peut-être par la bonne chère, je m'endormis profondément. Voilà-t-il pas que pendant mon sommeil un misérable chien vint lécher mon cinquième doigt, le pouce! le meilleur! Quand je m'aperçus de ce vol, la colère me prit à la gorge... Ah! je ne veux plus y penser.

Perle-Fine s'efforça de ne pas rire et dit à son

oncle qu'il fallait se résigner aux volontés du ciel.

Rouille-des-Bois continuait ses lamentations :

— Et ce dîner! ce dîner! Quelle ruine! Cerf-Volant ne rentre pas, il achète tout le marché! Cette affaire-là va m'achever. Ah! si l'on n'avait pas collé des affiches où on se moquait de moi, si je n'avais pas dîné souvent, très souvent chez ces jeunes fous, sans leur rendre leur politesse!...

— Maintenant, dit Perle-Fine, ils vous inviteront de nouveau et vous rattrapperez ainsi ce que vous aurez dépensé.

Rouille-des-Bois, en se frottant les mains, s'écria :

— Ah! quand on dîne chez ces prodigues-là, on est rassasié pour trois jours, sans compter qu'on peut, adroitement, fourrer toutes sortes de bonnes choses dans ses manches, pour les rapporter à la maison.

— Quels sont vos invités? demanda Perle-Fine.

— D'abord Dragon-de-Neige, un jeune mandarin qui a le grade de la huitième classe, riche, paresseux, dissipé; puis le Prunier, un commerçant qui fait d'excellentes affaires; puis le Tigre, secrétaire au tribunal des rites; et enfin Bambou-Noir, qui n'est rien du tout, mais bavarde agréablement.

A ce moment, Cerf-Volant entra et posa à terre le panier qu'il portait.

— Rends la monnaie! s'écria Rouille-des-Bois.

— Rien! répondit Cerf-Volant.

— Comment, rien? Tu as dépensé une once d'argent?

— Oui.

— Toi! toi, si économe! C'est impossible!

— Renchéri, dit Cerf-Volant avec un accent tragique.

— Comment, justement aujourd'hui tout a renchéri?

— Gelée.

— Pensez donc, mon oncle, dit Perle-Fine, les rivières sont prises, la neige couvre les chemins : bien peu de marchands ont pu arriver jusqu'à la ville.

— Le ciel est déchaîné contre moi, gémit Rouille-des-Bois.

— Voyons ce que tu apportes, dit Perle-Fine à Cerf-Volant.

Alors, celui-ci s'agenouilla à terre et tira différentes choses de son panier : des navets, du riz, un chien tapé.

— Vite, dit Perle-Fine, fais-le dessaler dans l'eau chaude.

Enfin, Cerf-Volant montra triomphalement à son maître un poulet.

Rouille-des-Bois, en apercevant le poulet, devint blême.

— Comment! tu as acheté un poulet?

— Malade!

— Comment! il est mort de maladie? dit Perle-Fine, épouvantée.

— De faim.

— Allons, dit la jeune fille, après un geste désolé, va vite préparer ces choses de ton mieux.

Cerf-Volant s'apprêtait à sortir quand Rouille-des-Bois le rappela.

— As-tu tendu les pièges à rat? lui dit-il.

— Oui.

— Combien en as-tu pris?

— Trois.

— Des rats, s'écria Perle-Fine, pourquoi faire?

— Bouillon, dit Cerf-Volant.

— C'est excellent, ajouta Rouille-des-Bois; ensuite on fait un hachis qu'on mêle à de la farine de haricots.

— Hélas ! soupira Perle-Fine.

— Une once d'argent! la dépense de toute une semaine, ronchonnait Rouille-des-Bois.

— Voyons, mon oncle, calmez-vous. Vous tomberez malade à vous tourmenter ainsi.

— Je suis capable d'en mourir.

— Comment espérer qu'il donne jamais trois cents liangs, pensa la pauvre Perle-Fine.

— Mourir, continua l'avare, ce serait là encore une belle affaire et une belle dépense! Dis-moi, si je mourais, dans quelle espèce de cercueil me mettrais-tu?

— Mon oncle, dit Perle-Fine, si j'avais le malheur de vous perdre, j'achèterais pour vous un beau cercueil de cèdre.

— Là, j'en étais sûr... Quand on est mort on ne

distingue pas le bois de saule du bois de cèdre; d'ailleurs, il n'y aura pas besoin de cercueil : il y a dans
la cour une vieille auge d'écurie qui sera excellente
pour m'en faire un.

— Y songez-vous, mon oncle? Elle est beaucoup
trop courte; jamais votre corps n'y pourra entrer.

— Rien de plus facile que de raccourcir mon
corps : tu me feras couper en deux et l'on mettra les
deux moitiés l'une sur l'autre; mais qu'on ne prenne
pas notre bonne hache pour me couper en deux; tu
emprunteras celle du voisin.

— Pourquoi emprunter celle du voisin, quand
nous en avons une chez nous? dit Perle-Fine.

— Tu ne sais donc pas que j'ai les os très durs :
on ébrècherait le tranchant de la hache et il faudrait
dépenser des tsins pour la faire réparer.

— Ah! mon oncle! cessez de parler de choses
aussi lugubres. Allez-vous reposer plutôt jusqu'au
dîner, pour montrer à vos hôtes un visage aimable.

— Mes hôtes! Je voudrais les savoir tous de
l'autre côté du pont des Enfers.

— Allons, allons! dit Perle-Fine, calmez-vous; le
repos vous fera du bien. Moi je m'occuperai à dresser
la table.

Rouille-des-Bois sortit de la pièce en grommelant :

— Une once d'argent! une once d'argent!

Restée seule, Perle-Fine s'adonna à une douce
rêverie.

— Ce beau jeune homme, mon fiancé! Est-ce pos-

sible? Il pensait à moi tandis que j'étais là si triste
et si découragée. Ah! si je l'avais su, mon ennui
eût été moins dur à porter, et s'il réussit... Mariée!
Je serai mariée demain!... Et s'il ne réussit pas?...
Eh bien, ma vie sera changée tout de même; ce ne
sera plus cette solitude morne, j'aurai un rêve, un
espoir. Il faut m'aimer par pitié filiale, m'a-t-il dit.
Ah! je suis une fille bien obéissante...

La venue de Cerf-Volant mit fin à sa rêverie.

— Eh bien, Cerf-Volant, t'a-t-on payé la broderie
que je t'avais donné à porter?

Cerf-Volant fit signe que non et dit :

— Sorti.

— Comment! la personne était sortie? Quel
malheur! Alors les pauvres invités de mon oncle
n'auront pas de feu?

— Crédit! répliqua Cerf-Volant, en tirant de des-
sous sa robe un paquet de charbon, noué dans un
morceau d'étoffe.

— Ah! Cerf-Volant, tu as de l'esprit, bien que tu
sois avare de paroles, toi qui n'as rien autre chose à
économiser. Allons! aide-moi à dresser la table. Met-
tons-la ici; de cette façon, cachée derrière le paravent, pensa-t-elle, je pourrai voir le signe que doit
me faire Bambou-Noir : Une poignée de neige,
comme c'est singulier!...

Cependant Cerf-Volant était occupé à allumer le
brasier; il soufflait le feu en agitant un écran. Se
chauffant les mains il dit :

— Bon !

— Où en est-il, ce malheureux dîner? demanda Perle-Fine.

— Mijote, dit Cerf-Volant d'un air satisfait.

— Tu fais de ton mieux, mais que faire avec rien?

— Beaucoup!

— Oui, en comparaison de notre ordinaire, ce serait un festin magnifique; mais quand je me souviens de tous les plats recherchés que citait mon oncle, en revenant de dîner chez ces seigneurs, je comprends que leurs chiens ne voudraient pas de ce que nous allons leur servir.

— Nuit, s'écria Cerf-Volant.

— Vite ! allume toutes les lanternes, les invités vont arriver.

— Toutes?

— Oui, oui, cela dégèlera un peu la salle. Ah ! mes ancêtres vénérés, prenez Bambou-Noir sous votre protection, faites réussir son projet si vous ne voulez pas que votre race finisse à moi.

Ainsi pria Perle-Fine, tandis que Cerf-Volant allumait les lanternes.

Il fut interrompu dans cette besogne par Rouille-des-Bois qui, furieux, s'élança sur lui.

— Pourquoi toutes ces lumières? cria-t-il, sommes-nous aveugles?

Mais à peine le vieillard avait-il parlé que le marteau de la porte retentit.

Cerf-Volant, les bras au ciel, se précipita au dehors.

— N'oubliez pas, mon oncle, dit Perle-Fine, que les rites ordonnent la plus grande politesse envers des hôtes.

— Les rites, les rites !...

— Ils exigent, hélas ! que je me retire. Bon repas, mon oncle.

Mais, au lieu de sortir, elle se glissa derrière le paravent, prit une épingle de sa coiffure et fit un petit trou dans le papier. De cette façon elle assista à toutes les scènes suivantes, comme à un spectacle.

Un des invités, nommé le Tigre, entra ; Rouille-des-Bois se précipita à sa rencontre et tous deux firent assaut de politesse :

LE TIGRE

Vénérable Seigneur ! je suis à vos pieds.

ROUILLE-DES-BOIS

C'est moi, jeune-phénix, qui me traîne dans la poussière.

LE TIGRE

Mes petits yeux de fouine sont aveuglés par l'éclat de votre image.

5

ROUILLE-DES-BOIS

Mon humble taudis tremble du haut en bas de l'honneur de vous recevoir.

LE TIGRE

J'entre dans le temple de la sagesse.

ROUILLE-DES-BOIS

J'aurais dû vous attendre à la porte du faubourg.

LE TIGRE

J'en serai mort de regret, et vous auriez péri de froid.

Et tous deux se mirent à rire, par politesse.

ROUILLE-DES-BOIS

Donnez à ce siège le bonheur de vous porter.

LE TIGRE

La jeunesse doit rester debout.

De nouveau le marteau retentit, et peu d'instants après entra Dragon-de-Neige, enveloppé de belles fourrures. Rouille-des-Bois courut à sa rencontre, et fit mine de s'agenouiller :

ROUILLE-DES-BOIS

Je frappe la terre de mon front.

DRAGON-DE-NEIGE

Je suis un tapis sous vos pieds!

ROUILLE-DES-BOIS

Vous attendre était déjà un bonheur!

DRAGON-DE-NEIGE

Vous voir est une récompense!

ROUILLE-DES-BOIS

La terre est fière de vous porter!

DRAGON-DE-NEIGE

Le soleil est jaloux de votre gloire!

ROUILLE-DES-BOIS

J'étais monté sur le toit de ma maison pour vous voir venir de plus loin.

DRAGON-DE-NEIGE

Les génies auraient pu vous prendre pour l'un d'eux et vous emporter.

ROUILLE-DES-BOIS

Ah! ah! vous vous moquez! (Lui montrant le Tigre.)
Voyez, un jeune phénix embellit déjà ma cabane.

(Les deux invités se saluent. Le marteau retentit encore.)

DRAGON-DE-NEIGE, au Tigre.

Nous voici dans la place. Notre complot va-t-il
réussir?

LE TIGRE

Le plus difficile est fait : puisque nous avons
décidé ce terrible avare à nous offrir un repas.

(Pendant qu'ils causent, Bambou-Noir et le Prunier sont entrés et
échangent des politesses avec Rouille-des-Bois.)
(Rouille-des-Bois reste au fond, donnant des ordres à Cerf-Volant.)

BAMBOU-NOIR, au Tigre et à Dragon-de-Neige.

Merci, mes amis, de votre dévouement, le repas
qu'on va vous servir sera, je le crois, une rude pénitence.

DRAGON-DE-NEIGE

Rassure-toi sur mon compte, comme tu me l'as
recommandé, j'ai très copieusement dîné, avant de
venir.

LE TIGRE

J'ai pris la même précaution.

LE PRUNIER, s'appuyant sur l'épaule de Bambou-Noir.

Et nous venons d'en faire autant tous les deux,
mais il fait ici un froid terrible.

BAMBOU-NOIR

Gardez vos fourrures.

DRAGON-DE-NEIGE

Mais toi, pour jouer ton rôle?

BAMBOU-NOIR

L'espoir de réussir, voilà de quoi me réchauffer.

ROUILLE-DES-BOIS, sans être vu, ouvre la porte d'une lanterne et la souffle, puis il s'avance.

Nobles seigneurs, daignez prendre place, voici le premier service.

(Cerf-Volant entre avec un plateau. — A ce moment Bambou-Noir s'approche du paravent et dit à voix basse :)

— Perle-Fine, êtes-vous là?
— Oui, répond la jeune fille.
— Bien, dit-il.

(On s'asseoit. Tous sont à table et font diverses grimaces en goûtant les plats.)

CERF-VOLANT, à part, en admirant les fourrures des convives.

Beau !

ROUILLE-DES-BOIS

Comment trouvez-vous cette poule au lait d'amandes?

DRAGON-DE-NEIGE

Je n'en ai jamais mangé de pareille.

CERF-VOLANT, à part, même jeu.

Chaud.

ROUILLE-DES-BOIS

Que dites-vous de ce hachis de grives ?

LE TIGRE

Je le trouve... extraordinaire.

CERF-VOLANT

Cher !

LE PRUNIER, à part.

Oh ! ce thé ! On le dirait fait avec le chaume d'un vieux toit.

BAMBOU-NOIR

Quelle infernale cuisine !

— Ce dîner leur soulève le cœur, se disait Perle-Fine toute honteuse.

(Rouille-des-Bois manque de s'étrangler et tire de sa bouche une queue de rat.)

CERF-VOLANT, l'attrapant vivement.

Queue.

ROUILLE-DES-BOIS, souriant.

Ce n'est rien, un petit os d'oiseau. (A Cerf-Volant.) Allons ! sers-nous : ce mouton arrosé de vin de riz, ces têtes de grenouilles au gras vert de tortue, ces nageoires de requin, confites dans le miel, ces bécasses garnies de crêtes de paon, ces nids d'hirondelles au sucre candi, ce filet de porc-épic, ces pieds de cerfs en purée, et n'oublie pas les noisettes grillées, les chenilles de la canne à sucre, le gingembre vert, les mille sortes de gâteaux...

DRAGON-DE-NEIGE, l'interrompant.

Là! là! vous nous comblez !

(Cerf-Volant apporte le deuxième service.)

BAMBOU-NOIR, à part.

Quel aplomb !

— Mon pauvre oncle se couvre de ridicule, soupira Perle-Fine.

LE PRUNIER, à part.

Son mouton au vin de riz a aboyé dans le sel.

(Bambou-Noir s'évente.)

DRAGON-DE-NEIGE, remontant le col de son manteau.

Comment! tu as trop chaud, toi ?

LE TIGRE

Par Bouddha ! tu oublies son talisman, c'est toujours l'été pour lui.

DRAGON-DE-NEIGE

C'est vrai, je n'y songeais plus.

LE PRUNIER

Il se dit pauvre et il est plus riche que nous tous, en possédant un pareil trésor.

ROUILLE-DES-BOIS

Riche!... Un trésor?...

LE TIGRE

Comment! Vous ne connaissez pas les vertus merveilleuses de sa tunique?

ROUILLE-DES-BOIS

Cette tunique?

BAMBOU-NOIR

Oh! elle n'a l'air de rien, pas de broderies, pas de riches fourrures, et pourtant, je ne l'échangerais pas contre la robe d'or du Fils du Ciel.

ROUILLE-DES-BOIS.

Vous voulez rire, la robe de l'Empereur vaudrait bien plus d'argent.

BAMBOU-NOIR

C'est moi pourtant qui ferais un mauvais marché.

DRAGON-DE-NEIGE

Vous ignorez donc que cette tunique le préserve de la faim et du froid. Avec elle, il n'a jamais besoin de rien.

ROUILLE-DES-BOIS

Quoi! Il ne mange jamais?

Un Bonze d'Europe (p. 41).

BAMBOU-NOIR

Oh! si, quelquefois, par gourmandise, comme ce soir; mais, depuis que je possède ce trésor, je n'ai pas dépensé un tsin pour ma nourriture.

ROUILLE-DES-BOIS

Pas un tsin!.,. Vous vous moquez d'un naïf vieillard.

LE TIGRE

Non, Seigneur, il dit vrai, toute la ville lui envie sa tunique magique.

LE PRUNIER

Non seulement elle nourrit son homme, mais elle lui tient chaud l'hiver et frais l'été.

— Quelles fables étranges racontent-ils là? se demandait Perle-Fine.

DRAGON-DE-NEIGE

C'est une chose certaine. Un jour, je voyageais avec Bambou-Noir. Il n'y avait pas d'auberge et la chaleur me dévorait : il me mit, pendant quelques instants, sa tunique sur les épaules. Aussitôt la fatigue disparut et je ne sentis plus ni la chaleur ni la faim.

ROUILLE-DES-BOIS

Vous me dites des choses incroyables. D'où donc, jeune Seigneur, vous est venu cet habit extraordinaire?

BAMBOU-NOIR

On me l'a donné en récompense d'une bonne action.

LE PRUNIER

Si toutes les bonnes actions étaient ainsi payées, il n'y aurait plus que des hommes vertueux.

ROUILLE-DES-BOIS

Ayez de la complaisance pour la curiosité d'un pauvre vieux.

DRAGON-DE-NEIGE

Allons, raconte l'histoire de la tunique.

BAMBOU-NOIR, saluant Rouille-des-Bois.

Ma gloire est de vous faire plaisir. C'était vers la fin de l'automne, il y a un an de cela, j'étudiais à Pékin, pour prendre mes grades littéraires. Un soir, je marchais par la ville, en sortant d'un examen, quand, tout à coup, je vois la rue interceptée par une foule furieuse qui poursuivait un vieillard en lui jetant des pierres. C'était un bonze européen, vous savez, un de ces prêtres qui viennent des mystérieux pays de l'Ouest, pour enseigner dans l'empire du Milieu une religion nouvelle. Ces hommes sont, en général, inoffensifs. Que leur religion soit bonne ou mauvaise, en ce moment, je n'y songeai pas. Je me souvins seulement des préceptes de notre divin Confucius. N'a-t-il pas dit : « La première des vertus, c'est la charité envers tous les hommes, quels qu'ils soient »?

LE PRUNIER

Il l'a dit! il l'a dit!

(Tous hochent la tête d'un air approbatif.)

BAMBOU-NOIR

Je ne vis dans ce prêtre qui courait vers moi, tout couvert de sang, qu'un vieillard faible et persécuté. J'allai à lui et je le retins dans mes bras, au moment où il tombait, à bout de forces. On voulut me l'arracher, mais j'en imposai à cette populace, et j'emmenai le prêtre dans ma chambre d'étudiant; il était horriblement blessé, et le médecin déclara ses blessures mortelles; il put seulement adoucir le mal. Quand le prêtre approcha de ses derniers moments, il me dit d'une voix faible : « Mon fils, vous n'avez pas secouru un ingrat. Vous êtes pauvre, je vous lègue mieux que la fortune, car la fortune peut être dissipée. Prenez cette tunique et gardez-vous bien de la juger sur les apparences; en la revêtant, vous serez délivré de toutes les servitudes auxquelles les hommes sont soumis; vous n'aurez ni faim, ni soif, ni froid. Elle a appartenu à un grand saint de mon pays qui lui a donné cette vertu. » Il mourut là-dessus, et moi qui croyais qu'il avait parlé dans le délire de la fièvre, je m'aperçus bientôt qu'il m'avait légué un véritable trésor.

ROUILLE-DES-BOIS

Je suis tout ébahi !

— Où veut-il en venir ! se disait Perle-Fine.

(Bambou-Noir tousse légèrement.)

— Ah ! il me fait signe.

(Et elle entr'ouvre la fenêtre pour prendre sur le rebord une poignée de neige.)

DRAGON-DE-NEIGE

. Il y a de quoi s'ébahir. Cependant vous savez, comme nous, que rien ne semble impossible à ces hommes d'Occident qui possèdent tous les secrets de la Magie.

(Pendant le dialogue suivant, Bambou-Noir reçoit de Perle-Fine la poignée de neige et la met dans sa calotte qu'il replace sur sa tête.)

LE TIGRE

Ne voyagent-ils pas avec une rapidité effrayante, dans des voitures traînées par un monstre de fer et de feu?

LE PRUNIER

Ne s'écrivent-ils pas, d'un bout du monde à l'autre, au moyen du tonnerre qu'ils emprisonnent dans un fil?

DRAGON-DE-NEIGE

Ils font mieux encore. A l'aide d'un appareil fabriqué avec des yeux d'enfant, ils forcent le soleil à dessiner, en une seconde, l'image des hommes, des monuments, des pays! N'est-ce pas merveilleux!

ROUILLE-DES-BOIS

Ce sont de vrais démons.

LE PRUNIER, montrant Bambou-Noir.

Tenez, voyez si l'on peut nier la vertu de cette tunique. Tandis que, malgré nos fourrures, nous sommes tous gelés, lui, si légèrement vêtu, transpire.

ROUILLE-DES-BOIS, regardant l'eau qui coule sur le visage de Bambou-Noir.

Il transpire! C'est positif!

BAMBOU-NOIR, à part, s'essuyant.

Aïe! qu'elle est froide, cette sueur de neige!

ROUILLE-DES-BOIS, qui tremble de froid.

Je voudrais bien avoir un pareil manteau.

LE TIGRE, à part.

Allons donc! il y vient enfin, le vieux gueux.

DRAGON-DE-NEIGE, bas à Rouille-des-Bois.

Peut-être consentirait-il à vous le vendre?

ROUILLE-DES-BOIS

Me le vendre! et de l'argent? il devrait avoir pitié

plutôt d'un pauvre vieillard qui n'a que peu de temps à vivre et lui prêter cette tunique merveilleuse. Oui, Seigneur, faites cela. A ma mort, la tunique vous reviendrait.

BAMBOU-NOIR

Y songez-vous? Elle est toute ma fortune. Que deviendrais-je, si je m'en dépouillais? Tandis que vous, vous ne manquez de rien!

— Ah! voilà! se dit Perle-Fine, il veut lui vendre cette tunique.

LE TIGRE

J'ai offert à mon ami six cents liangs contre son talisman; en un mois, j'eusse regagné cette somme, il m'a refusé.

ROUILLE-DES-BOIS

Six cents liangs! Je n'en donnerais, moi, que la moitié... si je voulais l'acheter, si j'en avais le moyen.

BAMBOU-NOIR

Je ne veux pas la vendre, Seigneur.

(Ils quittent la table.)

DRAGON-DE-NEIGE

Tu as tort... une somme entre tes mains te permettrait de tenter la fortune, d'entreprendre un commerce fructueux : tu es trop jeune pour t'en tenir aux avantages matériels que te donne la tunique.

BAMBOU-NOIR

Mais les risques à courir! Je peux tout perdre.

(Ils continuent à causer entre eux.)

ROUILLE-DES-BOIS, au premier plan, à part.

Trois cents liangs! Malgré une sage économie, je ne puis dépenser moins, en une année, pour notre nourriture; donc, la première année, je ne perdrai rien; la seconde, je gagnerai trois cents liangs, la troisième, avec les intérêts...

(Il prend un instrument à calculer et compte tout bas avec une grande rapidité.)

— Mon oncle fait des calculs, il est pris, murmura la jeune fille en souriant.

ROUILLE-DES-BOIS, regardant la doublure toute pelée de son habit, à part.

Cette peau de mouton ne vaut pas grand'chose, elle n'ira pas loin. Voilà tantôt dix ans que je songe à la remplacer. Cela deviendrait inutile.

LE PRUNIER, bas, à Rouille-des-Bois.

Profitez d'un moment d'hésitation pour engager sa parole. Nous l'avons presque décidé, car il a envie d'acheter un fonds de commerce; pensez à tout l'argent que vous épargneriez.

ROUILLE-DES-BOIS

C'est vrai, c'est vrai, mais il faut en donner d'abord.

LE PRUNIER

Comme toujours, pour en gagner.

ROUILLE-DES-BOIS, à Bambou-Noir.

Seigneur, j'offre trois cents liangs de votre tunique.

BAMBOU-NOIR

Ai-je dit qu'elle fût à vendre? Si je consentais jamais à m'en séparer, ce ne serait que pour un temps, avec la condition que l'acheteur me la restituerait par testament.

ROUILLE-DES-BOIS

J'accepte cette clause.

LE TIGRE

Comment, Bambou-Noir, tu oublies que tu as refusé de me la vendre, à moi, pour une somme double?

ROUILLE-DES-BOIS

Mais, Seigneur, vous êtes du même âge que ce jeune phénix, il n'aurait nul espoir de rentrer en possession de son trésor, tandis que moi qui suis vieux, je ne l'en priverai pas longtemps.

LE TIGRE

Par égard pour votre âge, je retire mon offre.

BAMBOU-NOIR

C'est à cause du respect que je vous dois, que je cède à votre désir.

DRAGON-DE-NEIGE

Alors c'est marché conclu !

ROUILLE-DES-BOIS

Un instant ! vous m'assurez que la tunique peut nourrir plusieurs personnes ?

BAMBOU-NOIR

Certes.

DRAGON-DE-NEIGE

Je vous l'ai dit, je l'ai moi-même expérimentée.

ROUILLE-DES-BOIS

A-t-elle la même vertu sur les femmes ?

BAMBOU-NOIR

Non, aux femmes s'arrête son pouvoir. Vous savez que le mariage est défendu à ces prêtres d'Europe ; le saint homme n'a pas permis aux femmes de participer aux bienfaits de cette relique.

ROUILLE-DES-BOIS

Eh bien ! qu'en ferais-je ? N'ai-je pas une nièce ?

LE PRUNIER

Il ne lui est pas défendu à elle de se marier, elle vous quittera bientôt.

ROUILLE-DES-BOIS

Se marier! Et les présents de noces, et le trousseau, et les cérémonies?

LE TIGRE

Votre nièce n'est pas encore mariée? J'avais entendu dire, pourtant, qu'elle était fiancée, lorsqu'elle devint orpheline.

ROUILLE-DES-BOIS

C'est possible.

BAMBOU-NOIR

C'est certain, car le fiancé c'est moi; mes parents ont échangé avec ceux de cette jeune fille des promesses solennelles.

DRAGON-DE-NEIGE

Comment! tu es assez impie pour ne pas obéir aux volontés de tes parents?

BAMBOU-NOIR

Que veux-tu que je fasse d'une femme, pauvre comme je le suis?

LE PRUNIER

Avec trois cents liangs, tu peux te mettre en mé-
nage.

ROUILLE-DES-BOIS

Il faudrait prendre alors la fiancée sans trousseau
et l'emmener, sans cérémonie, sans musique, sans
toutes ces folies ruineuses.

LE TIGRE

Tu dois tout endurer et te résigner à tout par
piété filiale.

BAMBOU-NOIR

Même à prendre une femme peut-être laide et
ignorante?

'—· Oh! le méchant! chuchota Perle-Fine.

ROUILLE-DES-BOIS

Ma nièce! mais elle est parfaite! Un front de jade,
des yeux d'hirondelle, des dents comme des grains
de riz encore rangés dans l'épi, une chevelure pareille à un torrent nocturne, un pied qui peut avoir
pour soulier une fleur de nénuphar, et des talents!
Elle chante comme une immortelle, brode comme
une fée, compose des vers aussi bien que Li-taï-pé
lui-même. Perle-Fine, c'est bien son nom.

— Hélas! comme il me vante pour se débarrasser
de moi, soupira tout bas la jeune fille.

BAMBOU-NOIR

Si le portrait est exact, je suis prêt à épouser Perle-Fine et à céder ma tunique au vénérable seigneur, pour la somme misérable de trois cents liangs.

DRAGON-DE-NEIGE

Nous serons les témoins du mariage. Demain matin, nous reviendrons avec le fiancé. Vous lui présenterez sa femme, et un sac d'argent, et il vous remettra le talisman.

ROUILLE-DES-BOIS, à part.

Peut-être se moquent-ils de moi. (Haut) Un moment : avant de me dessaisir d'une pareille somme, je veux mettre à l'épreuve la vertu du talisman.

BAMBOU-NOIR, à part.

Aïe!

— Hélas! tout est perdu! pensa la jeune fille.

DRAGON-DE-NEIGE

Mettriez-vous en doute notre parole?

ROUILLE-DES-BOIS

Oh! Oh! seigneur! pouvez-vous croire? mais la prudence est une grande vertu.

BAMBOU-NOIR

Quelle épreuve exigez-vous? Je ne crains rien.

LE PRUNIER, bas à Bambou-Noir.

Prends garde.

BAMBOU-NOIR, bas au Prunier.

Le ciel me protège!

ROUILLE-DES-BOIS

Eh bien! je veux que vous passiez la nuit dans
cette salle où nous sommes, sans matelas ni couver-
tures. Cette salle est très froide; le matin surtout, il
y gèle autant que dehors.

LE TIGRE

Nous en savons quelque chose.

ROUILLE-DES-BOIS

Si demain vous n'êtes pas mort, ou tout au moins
perclus, si je vous trouve en bon état et reposé, je
croirai alors, tout à fait, à la puissance des bonzes
d'Europe.

BAMBOU-NOIR

J'accepte volontiers, car vous avez enflammé mon
cœur en traçant le portrait de ma fiancée. Je cou-
cherai même dans le jardin, si vous voulez.

ROUILLE-DES-BOIS

Non, je ne pourrais pas vous surveiller; d'ailleurs, les portes qui joignent mal, les jours qui se sont formés entre les solives du toit, produisent des courants d'air plus pernicieux que le froid du dehors.

BAMBOU-NOIR

L'épreuve n'en sera que plus convaincante.

DRAGON-DE-NEIGE, bas à Bambou-Noir.

Renonce à cette folie, la place n'est déjà plus tenable.

LE TIGRE, de même.

Le maigre feu est consumé et, dehors, le froid redouble.

LE PRUNIER, de même.

Nous dégageons encore un peu de chaleur; quand nous ne serons plus là, ce sera mortel.

BAMBOU-NOIR

Si près du but, je ne veux pas renoncer. Revenez demain matin. Si je triomphe, c'est le bonheur; si je succombe, je vous lègue mes funérailles.

(A ce moment Cerf-Volant paraît et s'écrie :)

— Palanquins!

DRAGON-DE-NEIGE

Ah! nos palanquins sont arrivés.

LE PRUNIER, qui a regardé à la fenêtre.

Ah! mes amis, le froid augmente, il y a une tourmente de neige.

LE TIGRE

Hâtons-nous de rentrer, nous pourrions être pris par le tourbillon. A demain, Bambou-Noir!

LE PRUNIER

Courage!

DRAGON-DE-NEIGE

Que Bouddha te protège! (Ils échangent des salutations avec Rouille-des-Bois et sortent.)]

BAMBOU-NOIR, à part.

Me voilà pris à mon propre piège; mais pas encore vaincu.

(Il s'approche du paravent et dit tout bas à Perle-Fine :)

Si je meurs, pensez quelquefois à moi.

— Je vous suivrai au tombeau, répond la jeune fille.

— Au revoir, ou adieu.

(Perle-Fine quitte sa cachette, pour ne pas être surprise par son oncle, et se retire tristement.)

ROUILLE-DES-BOIS, revenant.

Vous serez admirablement sur le banc d'honneur pour dormir.

BAMBOU-NOIR

J'y serai fort bien.

ROUILLE-DES-BOIS, à part.

Il a l'air parfaitement tranquille. (Il monte sur une chaise pour éteindre la lanterne qu'il ne peut pas atteindre.)

BAMBOU-NOIR

Laissez, laissez, je me charge de tout éteindre. J'aime à dormir dans l'obscurité.

ROUILLE-DES-BOIS

Bien! bien! (Il va mettre le verrou à la petite porte et la ferme à clé.) Il fait décidément un froid terrible.

BAMBOU-NOIR, qui s'évente.

Vraiment! Hâtez-vous de gagner votre lit, vous pourriez prendre mal.

ROUILLE-DES-BOIS, à part.

Il s'évente! (Haut). Bon sommeil, Seigneur.

BAMBOU-NOIR

Ayez de beaux rêves.

ROUILLE-DES-BOIS. (Il sort, puis passe sa tête par l'entrebâillement de la porte.)

N'oubliez pas d'éteindre les lanternes.

BAMBOU-NOIR

Soyez tranquille.

— Eh bien! me voici dans une belle situation!
s'écria Bambou-Noir resté seul. Je suis déjà transi
jusqu'aux moelles! Maudit vieillard! (Regardant autour
de lui.) Pas un tapis dans lequel on puisse s'envelopper! (Il remue les cendres du réchaud.) Glacées! brou! j'ai
l'onglée, mes pieds sont comme paralysés. Si je
triomphe pourtant, quel bonheur! Est-ce que cette
pensée ne suffira pas à me réchauffer? (Il frissonne.)
Non... Essayons de dormir. En me reployant sur moi-
même, je conserverai peut-être le peu de chaleur qui
me reste. (Il se couche sur le banc devant la fenêtre.) Hélas! pourquoi la vertu de ma tunique est-elle illusoire? (Il se tait et
tâche de dormir. — On entend alors, à travers les serrure, sous les portes, de
tous côtés, des sifflements, des miaulements, des hurlements extraor-
dinaires, produits par le vent. (Se relevant.) Qu'est-ce que cela?...
Une légion de diables semblent se combattre.
Ils miaulent, ils beuglent. (Il se lève.) Le roi des tempêtes tient ici sa cour... (Il prend le paravent et essaye de
s'abriter.) Non, c'est par là... (Il le change de place.) Par ici
plutôt. (Il change encore.) C'est de tous les côtés. (Il s'enve-
loppe du paravent.) Voyons de cette façon! (En sortant brusquement.) Non, cela forme un tirage capable de m'en-
lever! (Il claque des dents.) Aïe! j'ai failli me casser une
dent! Je n'y tiens plus! il me semble que mon sang
se fige... une somnolence... un engourdissement...

(Il s'assied.) C'est mortel, à ce que l'on dit, de se laisser gagner par le sommeil dans un cas pareil, mais... comment résister?... Alors je suis mort.

(A ce moment Perle-Fine, descendue de sa chambre, frappe à la porte.)

— Cher Bambou-Noir! cria-t-elle. Vivez-vous encore?

— Ah! Perle-Fine! Je vis encore un peu! bien peu!

— Hélas! l'inquiétude m'a chassée de mon lit, des ruisseaux de larmes gèlent sur mes joues.

— Ma piété filiale est tout ce qui reste de chaud en moi, dit le jeune homme.

— Je suis cause de vos souffrances!

— Non, non, tu m'as sauvé au contraire; j'allais m'endormir, mais l'énergie me revient. Va, va, rentre chez toi, ne reste pas dans ce couloir glacial. A tout à l'heure! Tu seras ma femme, je le jure.

— Le ciel vous exauce! dit-elle en s'éloignant.

(Bambou-Noir se met à parcourir la salle en courant, sautant sur les meubles et faisant toutes sortes de gambades.)

— Les sages nous enseignent que le mouvement se transforme en chaleur; nous allons voir si cela est vrai.

(Il empoigne un chien de faïence et le met sous son bras, en continuant à courir.)

Ah! je sens déjà par tout le corps un picotement insupportable, comme si des milliers de fourmis me dévoraient. C'est bon signe, la vie revient.

(En prenant le second chien de faïence sous son bras :)

— Si j'avais dormi, j'étais perdu, j'aurais eu tout au moins plusieurs fragments de moi-même complètement gelés.

(Tenant toujours les chiens de faïence, il se glisse sous la table et l'enlève sur son dos.)

— Mon sang commence à circuler. Ah! Rouille-des-Bois! ah! vieux misérable, tu voulais me faire périr? Ah! tu fais souffrir de privations la nièce confiée à tes soins, tu gardes sa fortune et refuses de la marier selon les rites, pour ne pas payer la noce! Eh bien, tu la paieras tout à l'heure, rusé renard. Victime de la cupidité, tu es tombé dans mon piège, et quand tu t'apercevras que tu es dupé, nous serons hors de la ville, Perle-Fine et moi.

(Le jour éclaire la fenêtre; il s'arrête un instant.)

— Je n'ai plus froid du tout, j'ai même chaud. Les sages ont bien parlé. Encore un tour et je serai en nage.

— Ah! tu croyais me trouver gelé ce matin, sec et dur, comme ton cœur d'avare! Ah! tu voulais réduire à néant l'invention merveilleuse de la tunique! Tu l'endosseras, tu l'endosseras, vieux ladre! et tu verras comme elle chauffe et nourrit son homme.

(On entend des pas.)

Victoire! Victoire! le vaincu approche!

(Bambou-Noir repose la table, replace les chiens, se couche et feint de dormir.)

(Rouille-des-Bois met la clé dans la serrure, entr'ouvre la porte, et passe la tête.)

— Si le jeune seigneur a voulu me tromper, je dois être, à l'heure qu'il est, bien vengé.

(Bambou-Noir fait entendre un ronflement.)

— Il est vivant! s'écria l'avare en entrant tout à fait. Mais c'est qu'il dort là comme dans le lit le plus douillet... Est-ce possible! sa main est chaude! Son front est moite!... Il a dit vrai! Ah! ces bonzes d'Europe... quels sorciers! J'aurai en ma possession un trésor sans pareil! Plus un tsin à dépenser, plus un! Je garderai mon or, tout mon or! Je l'entasserai; personne ne l'aura! On ne peut douter, son front est mouillé de sueur! Voyons encore, je ne me trompe pas.

(Et il promène encore une fois sa main sur le front de Bambou-Noir.)

— Aïe! Qu'est-ce que c'est? Suis-je dans une caverne? Il me passe des serpents sur la figure, cria le jeune homme en feignant de s'éveiller.

— C'était ma main, jeune phénix, je tâtais...

— Une main glacée! De quel droit la promenez-vous sur ma figure? (Il éternue.) Vous m'avez donné un rhume de cerveau. Qui êtes-vous d'abord? (Feignant de revenir à lui.) Ah! pardon, vénérable seigneur, ce brusque réveil! J'étais si loin d'ici : je rêvais que je cueillais des mandarines dans un bosquet d'orangers.

— Des mandarines!... Vous n'avez pas oublié notre marché d'hier au soir?

— Quoi donc?

— Oh! Oh! n'allez pas vous dédire! La tunique merveilleuse est à moi, contre ce sac d'or.

— Ai-je promis cela?... Ne dois-je pas aussi me charger d'une femme?...

— Ma charmante nièce, parfaitement; elle est prévenue et va venir.

(Il va ouvrir la petite porte.)

— Seigneur, je crois que j'étais ivre, hier, quand je vous ai fait toutes ces folles promesses.

— Ivre! Ivre! Ah! ah! n'essayez pas de m'échapper. J'ai des témoins, j'en ai : tous mes hôtes ont entendu les paroles échangées. (On entend de la musique, puis le marteau retentit.) Tenez, les voici qui viennent chercher les mariés, ils témoigneront. Les prodigues, ajouta-t-il tout bas, ils ont amené un orchestre!

(La petite porte s'ouvre et Perle-Fine paraît la tête couverte d'un voile rouge, tandis que par le fond entrent Cerf-Volant, Le Tigre, Le Prunier, Dragon-de-Neige.)

— Sauvé! J'ai réussi, dit tout bas Bambou-Noir à Perle-Fine.

— Ce sont des larmes de joie qui maintenant troublent mes yeux.

— Chut! fit Bambou-Noir.

— Oui, oui, seigneurs, il veut reprendre sa parole, criait l'avare.

— Ho! ho! voilà qui est impossible, dit Dragon-de-Neige.

— Vous êtes témoins, n'est-ce pas?

— La nièce est à lui, la tunique est à vous, affirma le Tigre.

— Contre la somme convenue, ajouta Le Prunier.

— Voici l'argent, dit Rouille-des-Bois, en posant un sac sur la table.

— Et la restitution par testament.

— Voici le testament, dit Rouille-des-Bois, tirant un papier de sa ceinture.

— Allons, je le vois, il faut s'exécuter, soupira Bambou-Noir en déboutonnant lentement la tunique.

— Je t'ai apporté un manteau fourré, dit à voix basse Dragon-de-Neige. Comment es-tu parvenu à le convaincre?

— Je vous conterai cela, dit Bambou-Noir. La cérémonie de mon mariage commence, ajouta-t-il en entendant la mélodie que jouaient les musiciens.

ROUILLE-DES-BOIS, amenant solennellement Perle-Fine
à Bambou-Noir.

Seigneur, voici votre fiancée. (A Perle-Fine.) Ma nièce, ce jeune seigneur désire vous prendre pour femme. Vous devez le suivre, c'était la volonté de vos parents, c'est aussi la mienne.

PERLE-FINE, après avoir salué Rouille-des-Bois.

Mon oncle très vénéré, vos désirs sont des lois pour moi. Je vous remercie de m'avoir élevée en me comblant de soins. Je vous remercie de fixer aujourd'hui mon avenir. Je souhaite que vous viviez des centaines et des milliers d'années. En vous quittant, je ne puis retenir mes larmes.

ROUILLE-DES-BOIS

Allons, cela suffit !

BAMBOU-NOIR

Oncle vénérable, votre neveu très soumis vous souhaite toutes les prospérités.

ROUILLE-DES-BOIS

Allez, et soyez heureux.

(Bambou-Noir ôte sa tunique qu'il pose sur le dos d'un fauteuil ; il met le manteau.)

DRAGON-DE-NEIGE

Hâtez-vous, jeunes époux, les chevaux rongent leur frein ; ils sont impatients de vous emporter vers le séjour du bonheur.

PERLE-FINE, à Cerf-Volant ahuri.

Adieu, Cerf-Volant !

CERF-VOLANT, pleurant.

Hi ! hi !

(Les amis de Rouille-des-Bois forment une haie vers la porte. — Bambou Noir tenant Perle-Fine par la main passe au milieu d'eux.)

DRAGON-DE-NEIGE, aux fiancés.

Que la fortune soit votre amie !

LE TIGRE

Le bonheur votre compagnon !

LE PRUNIER

Puissiez-vous n'avoir que des fils !

(Les fiancés, après un dernier signe d'adieu, sortent rapidement.)

∗ ∗ ∗

Peu de temps après cette aventure, Cerf-Volant, plus maigre et plus effaré que jamais, vint trouver Bambou-Noir dans sa maison. Il le regarda longtemps avec terreur avant d'oser lui adresser la parole.

— Eh bien ! tu ne sembles pas très bien portant, mon pauvre Cerf-Volant, dit le jeune homme en riant ; aurais-tu eu quelque indigestion depuis que je ne t'ai vu ?

— Oh ! non, dit Cerf-Volant, les bras au ciel.

— Veux-tu manger quelque chose ?

— Oh ! oui.

— Mais que venais-tu me dire ?

Le maigre garçon prit une figure lamentable et trembla de tous ses membres ; à la fin, il balbutia :

— Mort !

— Qui est mort ?

— Maître !

Siao-Man et Fan-Sou (p. 101).

— Comment est-il mort ?

— De faim !

— Eh! grands poussahs! s'écria Bambou-Noir, pouvait-on s'imaginer, vraiment, qu'il s'entêterait à ne pas manger?

Tout chagrin, il se rendit sur l'heure à la maison de l'oncle de sa femme, et, en sa qualité d'héritier, se fit ouvrir les caves. Comme il le prévoyait, elles étaient encombrées de sacs d'or et d'argent.

Rouille-des-Bois eut des funérailles somptueuses, qui auraient tiré des larmes à ses yeux défunts, s'il lui avait été donné d'en connaître le prix. Bambou-Noir avait tenu à se conduire en parent affectueux et en héritier reconnaissant. Mais ses larmes essuyées, il retourna à son bonheur, maintenant complété par la fortune.

Cerf-Volant entra au service des jeunes époux ; il engraissa tellement qu'au bout d'une année, ses yeux obliques, jadis si grands, n'apparaissaient plus dans son visage que comme deux traits de pinceau.

LE RAMIER BLANC

LE RAMIER BLANC

COMÉDIE CHINOISE

PERSONNAGES

PÉ-MIN-TCHON, jeune lettré.
SIAO-MAN, jeune orpheline.
FAN-SOU, sa suivante.

*La scène se passe en Chine, dans la capitale de la province
de Chen-Si.*

Le théâtre représente un paysage au bord d'un lac. A droite
au premier plan, l'angle d'une maison. Un perron de quelques marches précède la porte; il est flanqué à chaque
coin d'un monstre de porcelaine. A droite encore, mais un
peu plus haut, un banc rustique sous un pêcher en fleurs.
A gauche, au fond, la balustrade d'une terrasse et d'un
escalier, descendant d'une pagode. Au fond, un lac entre
des saules et des roseaux. Arbres printaniers, fleurs, clair
de lune.

SCÈNE PREMIÈRE

SIAO-MAN

SIAO-MAN (elle porte une lanterne allumée et sort avec précaution
du pavillon de droite).

Hélas! c'est mal ce que je fais là! Sortir ainsi, la
nuit, au lieu de dormir paisiblement, la joue sur
l'oreiller de soie. Pourtant, la nuit est arrivée à mi-
chemin dans le ciel, et tous les rêves commencés sont
à la moitié de leur cours. Mais la nuit est longue et
fiévreuse pour celle qu'une pensée tyrannique tient
éveillée.
(Elle pose sa lanterne sur la dernière marche du perron et s'avance.)

Je tremble comme un voleur! Serais-je coupable
vraiment d'être venue respirer la douceur de cette
nuit de printemps?... Non, mais... suis-je bien venue
pour cela seulement?... Pourquoi donc, au lieu de
réveiller ma suivante Fan-Sou pour la prier de m'ac-
compagner dans cette promenade, me suis-je glissée
silencieusement le long des rampes, en retenant les
perles sonores qui bruissent à ma ceinture! Pourquoi, depuis plusieurs nuits, le sommeil s'éloigne-t-il
de moi? Et pourquoi, pendant ces longues veilles,
ai-je secrètement brodé sur un sachet odorant des
sarcelles de soie qui voguent côte à côte sur un lac
en fil d'argent?... Je n'ose m'avouer à moi-même que
j'ai brodé ce sachet pour un jeune voyageur qui loge

depuis quelque temps dans la pagode voisine et auquel, malgré moi, je pense sans cesse comme à un fiancé. Hélas! il va sans doute repartir bientôt, pour toujours, et il n'est aucun moyen de le retenir. Qui sait? S'il trouvait sur le seuil de sa porte ce sachet de soie violette, s'il voyait les oiseaux symboliques, s'il lisait les quatre vers que j'ai brodés sur l'étoffe, il penserait que quelqu'un s'intéresse à lui dans ce pays et, peut-être, il retarderait son départ de quelques jours.

(Elle remonte vers la pagode.)

Sa lampe jette une lueur pâle à travers le papier transparent des fenêtres. Il veille : l'amour de l'étude emplit son esprit et il dédaigne de dormir.

SCÈNE II

SIAO-MAN, FAN-SOU

FAN-SOU, dans la coulisse.

Maîtresse! maîtresse! où es-tu? Maîtresse! réponds-moi!

(Elle entre avec une lanterne à la main et cherche tout autour de la scène.)

SIAO-MAN, à part.

Ciel! Fan-Sou.

(Elle cache le sachet dans sa manche et redescend la scène.)

FAN-SOU, lui mettant la lanterne sous le nez.

A-Mi-To-Fo! la voilà! Je n'en puis croire mes yeux! le feu est-il à la maison? es-tu prise de folie? es-tu malade? (Elle fait le tour de Siao-Man.) Mais non, elle semble se porter à merveille. (Elle lui tâte le pouls.) La main est fraîche, le pouls régulier, la tête ne brûle pas. (Elle dépose la lanterne à terre et croise les bras.) Ah! c'est donc ainsi qu'on se cache de moi? C'est ainsi qu'on se glisse hors de sa chambre en faisant si peu crier le plancher, que l'oreille exercée de Fan-Sou croit n'avoir entendu que le vent qui souffle sur les fleurs! Voilà comment une jeune fille, respectueuse des convenances, sort sournoisement de sa maison.

SIAO-MAN

Écoute-moi, Fan-Sou...

FAN-SOU

Oui, oui, si ta vénérable tante, qui depuis trois ans est partie pour recueillir l'héritage de son époux, revenait subitement et te disait : « Petite scélérate, que fais-tu à une pareille heure sur la place publique? » Tu lui répondrais : « Écoute-moi, ma tante... »

SIAO-MAN

Mais, Fan-Sou, vois donc la fête que donne le printemps, vois la douce lumière que la lune répand sur l'or neuf des longues feuilles de saules, regarde

les mille diamants qui scintillent sur le lac! Comment
dormir par une semblable nuit? Ne respires-tu pas le
tiède vent d'est qui effeuille les fleurs de pêchers et
se parfume en frôlant nos vêtements de soie? Vois
donc cette goutte de rosée, suspendue à la pointe
d'une herbe : elle a volé un rayon à la lune et se croit
une petite étoile. Écoute la voix tendre et sonore du
rossignol.

(La fenêtre de la pagode s'est ouverte, on entend le prélude d'une flûte.

FAN-SOU, ironique.

Le rossignol?

PÉ-MIN-TCHON (il chante dans la coulisse.)

J'ai vu les plus beaux pays,
J'ai vu les dieux d'or et d'azur,
Les palais, les champs de riz,
La tour qui luit dans le ciel pur.

FAN-SOU

Ma chère maîtresse, si tu tiens absolument à jouir
de cette nuit de printemps, éloignons-nous un peu
d'ici; il n'est pas convenable que des femmes se pro-
mènent ainsi sous la fenêtre d'un jeune homme.

SIAO-MAN

Que dis-tu, Fan-Sou? N'est-ce pas un pieux
lao-tseu qui chante un hymne saint à Fo?

FAN-SOU

Ha! ha! Tu prends cette chanson pour un hymne
à Fo? Mais tu ignores donc qu'un jeune lettré se
rendant à Pékin pour les grands concours, habite
depuis quelque temps dans ce pavillon?

SIAO-MAN

Qu'importe! Laisse-moi écouter encore: rien n'est
charmant comme le son d'une flûte dans la nuit.

FAN-SOU

Est-ce la flûte seulement qui te plaît?

PÉ-MIN-TCHON, dans la coulisse.

J'ai ri, j'ai bu sous la lune,
Bercé par les flots des étangs,
Et j'ai fêté la fortune
Avec des amis de tous rangs.
Mais mon cœur reste solitaire
A quoi bon chercher le bonheur?
Sans fiancée, il n'en est pas sur terre!

FAN-SOU

Maîtresse, maîtresse! partons d'ici. Bien que nous
ne pensions pas à lui, ce jeune homme, s'il nous
voyait, pourrait croire que nous l'avons remarqué.

SIAO-MAN

Comment pourrait-il avoir une pareille pensée?
Mais, puisque tu le veux, retirons-nous.

FAN-SOU

Je passe la première, cache-toi dans l'ombre que
je projette en marchant.

(Siao-Man reste un peu en arrière et jette le sachet sur l'escalier de la
pagode.)

SIAO-MAN

Ah! Poussahs! Faites qu'il le ramasse et que ce
soit un talisman qui le retienne ici.

(Elles s'éloignent,)

SCÈNE III

PÉ-MIN-TCHON

PÉ-MIN-TCHON (il sort du pavillon et s'accoude à la balustrade de la
terrasse.

Il m'a semblé entendre un chuchotement de jeunes
voix... Je me suis avancé avec précaution, et, cependant, j'ai fait fuir les farouches promeneuses qui,
sans doute, venaient jouir secrètement de la splendeur de cette nuit. Je me suis trompé peut-être, et
c'est dans ma rêverie que de jeunes voix gazouil-
laient (Il aperçoit le sachet.) En ce moment, c'est encore
une illusion qui trompe mes yeux, car je crois voir
une large fleur éclose sur cette marche de marbre.

(Il s'avance vers l'escalier, puis s'arrête.)

Pourquoi descendre? A quoi bon me convaincre
que c'est seulement l'ombre d'un oranger voisin?

Cependant, elle me semble briller toute pleine de rosée. C'est la lune, sans doute, qui se mire dans les paillettes de marbre.

(Il descend rapidement et ramasse le sachet.)

Ah! (Il respire.) C'est bien une fleur par le parfum.

(Il s'avance de quelques pas et cherche un rayon de lune.)

Je suis inconnu dans cette ville, nul visiteur ne monte l'escalier de ma chambre, comment ce précieux sachet a-t-il été perdu sur cette marche?... Ne voudrais-je pas croire que quelqu'un l'a jeté là?... (Il l'examine.) Un paysage est brodé sur l'étoffe. Voyons : je n'ai pas rêvé que les sarcelles sont l'emblème de l'amour conjugal? et voici bien deux sarcelles qui voguent côte à côte. Ah! quatre vers tracés en fil d'or sur la soie. Je puis les lire à la clarté de la lune. (Il lit.)

De son nid, une tourterelle
Vit un ramier blanc qui volait,
Et rêva de lui nouer l'aile
Avec un ruban violet.

Cette fois, le doute n'est plus permis; c'est bien à moi que sont adressés ces vers et c'est une femme qui les a composés. Tâchons de les bien comprendre et d'en découvrir le sens caché. Elle se compare à une tourterelle qui voit passer un ramier blanc. Cela veut dire qu'elle n'ignore pas mon nom qui signifie le ramier blanc et qu'elle désire être ma compagne. Elle fait aussi allusion à ma situation dans cette ville où je ne fais que passer. C'est bien cela; elle voudrait m'empêcher de continuer mon chemin, et pour me retenir elle me donne ce sachet taillé dans un ruban violet.

Ce parfum me semble contenir tout l'arome du printemps en fleur! Qu'il faut peu de chose pour troubler le cœur de l'homme! Me voici tout ému pour un bout de soie odorant.

SCÈNE IV

Le Même, SIAO-MAN

SIAO-MAN

Fan-Sou m'a perdue de vue, et je suis revenue malgré moi de ce côté. S'il en était temps encore, je voudrais reprendre ce gage, jeté si imprudemment sur le seuil d'un inconnu.

(Elle aperçoit Pé-Min-Tchon.)

Ah!

(Elle cache son visage derrière un éventail.)

PÉ-MIN-TCHON, à part.

C'est elle, peut-être. Comment le savoir? Je tremble de l'offenser.

SIAO-MAN, à part.

La peur et la honte rendent mes pieds lourds comme du plomb; je n'ai pas la force de m'enfuir.

PÉ-MIN-TCHON (il s'avance et salue en élevant les poings fermés
à la hauteur de son front,

Noble jeune fille ! c'est en tremblant que je t'adresse
la parole. Mais je me trouve dans une situation difficile : Bien que je sois innocent, je pourrais être
accusé comme voleur (Siao-Man se recule avec effroi). J'ai
trouvé un objet précieux et je cherche, pour le lui
rendre, celui à qui il appartient. N'as-tu rien perdu
sur cette place (Siao-Man fait signe que non.) En es-tu bien
sûre ? Aucun collier n'a glissé de ton cou ? Nulle
perle ne s'est détachée des épingles qui ornent tes
cheveux ? (Siao-Man fait signe que non.)

PÉ-MIN-TCHON, plus bas.

Mais ton cœur n'a-t-il pas perdu quelque chose
de sa tranquillité ? As-tu toujours la gaîté des jeunes
tourterelles qui n'ont pas encore construit leur nid ?
(Siao-Man se recule vivement.) Ne me fuis pas, jeune fille, je
t'en conjure ; écoute encore un instant. Je puis me
comparer à un ramier dont les ailes sont entravées
par un réseau de soie. Est-ce toi, dis, qui as tendu
le doux piège où s'est prise ma liberté ?
(Siao-Man, toute tremblante, secoue la tête.)
Je dois me taire alors ; j'ai trop parlé déjà ! J'ai
peut-être dévoilé le secret de celle qui pense à moi.
Je ne sais pourquoi, j'aurais voulu que tu fusses
celle-là !
(On entend venir Fan-Sou. — Siao-Man effrayée fait signe à Pé-Min-
Tchon de s'éloigner. Il rentre précipitamment dans la pagode; pas
assez vite pour que Fan-Sou ne l'ait pas aperçu.)

SCÈNE V

FAN-SOU, SIAO-MAN

FAN-SOU, regardant la porte de la pagode.

Ah! (regardant Siao-Man qui s'embarrasse.) Ah! (Elle fait un salut.) Très bien! (Tout à coup elle se met à crier.) Au secours! au secours! Qu'on amène un médecin : ma maîtresse est devenue folle! La voilà qui parle avec un homme! sur la place publique! la nuit!

SIAO-MAN, arrêtant Fan-Sou.

Tu te trompes; je n'ai pas parlé à ce jeune homme, c'est lui qui m'a adressé la parole.

FAN-SOU

Vraiment! Voici une nuance fort subtile. Il ne te manquerait plus que de lui avoir parlé la première. Et peut-on savoir ce que te disait ce bel étudiant, que tu prenais pour un oiseau?

SIAO-MAN

Crois-tu que c'était le voyageur qui habite ce pavillon?

FAN-SOU

Tu le sais probablement mieux que moi.

SIAO-MAN

Il m'a demandé si je n'avais pas perdu quelque chose.

FAN-SOU

Ah ! Et tu lui as répondu que non ?

SIAO-MAN

Je lui ai fait signe que non.

FAN-SOU

Eh bien, tu t'es trompée : tu as perdu quelque chose.

SIAO-MAN

Non, je t'assure.

FAN-SOU, croisant les bras et prenant une mine sévère.

Oui ! tu as perdu plus qu'un trésor, plus que tous les trésors du monde : tu as perdu la pudeur qui est pour les jeunes filles comme le socle d'or du dieu Fo. Comment ! Toi, si soucieuse des rites, que tu refuses de toucher aux mets qui ne sont pas servis selon l'ancien usage, et qui ne consentirais pour rien au monde à t'asseoir sur une natte mal étendue, tu oublies le respect de toi même au point de courir les rues au milieu de la nuit et de prêter l'oreille à la voix d'un jeune homme ! J'en suis pétrifiée de stupeur ! Tu ne te souviens donc plus que celle qui offense les rites prescrits, qui se laisse voir ou en-

Printemps (p. 105).

téndre de son fiancé avant le soir des noces, ou fait
aucune démarche contraire aux convenances, ne
peut plus être prise que pour épouse de second
rang? Tu as l'air maintenant d'un oiseau souillé de
boue, d'une fleur écrasée par le pied lourd d'un passant, et tu as perdu ton prix comme une étoffe
tachée d'huile.

(Siao Man se cache le visage dans ses mains).

FAN-SOU, adoucie.

Tu pleures? (Elle s'approche d'elle.) Tu ne vois donc pas
que je plaisante? Je voulais te faire peur, pour te
punir de t'être ainsi cachée de moi. Pourquoi ne
m'as-tu pas dit que tu aimais ce jeune homme? Si tu
l'aimes, il faut l'épouser, voilà tout. S'il n'a pas vu
ton visage, puisqu'il ne sait pas qui tu es, rien n'est
perdu encore.

SIAO-MAN, recueillant ses larmes du bout de ses longs ongles.

L'épouser! Mais, ma chère Fan-Sou, comment
pourrais-je me marier? Tu sais bien que je n'ai
pas d'autre parent que ma tante, qui, depuis trois
ans n'a pas donné de ses nouvelles et qui, peut-être,
est morte. Qui donc pourrait faire, selon les rites,
des propositions de mariage, à ce jeune homme? Qui
pourra l'empêcher de quitter ce pays pour toujours?

FAN-SOU

En effet, je ne vois pas trop ce qui pourrait le

8

retenir. La suivante Fan-Sou ne peut guère se présenter chez ce noble voyageur pour lui faire des propositions de mariage. Ah! l'absence de ta tante nous met dans un cruel embarras.

SIAO-MAN, abattue.

Tu vois bien, je dois renoncer à tout. Il ne me reste plus qu'à me retirer pour toujours dans une pagode.

FAN-SOU

A-Mi-To-Fo! attends un peu; ne te résigne pas si promptement, à moins que tu ne veuilles te retirer dans la pagode voisine.

SIAO-MAN

Ne te moques pas, méchante! Je suis bien malheureuse?... Ah! si j'avais seulement un frère! (Elle demeure rêveuse.)

FAN-SOU, qui a réfléchi de son côté.

Peut-être y a-t-il un moyen de tout arranger.

SIAO-MAN

Ah! Fan-Sou! chère compagne, trouve-le, ce moyen.

FAN-SOU

Qui sait? Je l'ai peut-être trouvé déjà!

SIAO-MAN

Vrai? oh! dis-le, dis; vite.

FAN-SOU

Non : mon stratagème doit rester secret jusqu'à la 'fin.

SIAO-MAN

Mauvaise! (Regardant vers la pagode.) Tu espères au moins que je l'épouserai.

FAN-SOU

Tu l'épouseras, ou je perdrai mon surnom de Fine-Mouche.

SIAO-MAN

Ma jolie Fan-Sou!...

FAN-SOU

Allons! allons! du calme; ce jeune homme t'a donc à ce point tourné la tête?

SIAO-MAN

Ah! oui!... Écoute, Fan-Sou, moi aussi j'ai une idée.

FAN-SOU, lui mettant la main sur la bouche.

Ne la dis pas : mets-la en œuvre de ton côté; si je la connaissais, elle pourrait contrarier la mienne.

SIAO-MAN

C'est bien, je me tais.

FAN-SOU

Viens! viens! rentrons. Nous sommes vraiment folles de nous promener à une pareille heure.

SIAO-MAN

Rentrer? déjà !

(Elle regarde la pagode.)

FAN-SOU, sur les marches du perron.

Mettez-donc dix sept-ans à enseigner à une jeune fille les règles de bienséance, de modestie, de retenue, prescrites à son sexe, pour que, en une seconde, elle oublie tout !

SIAO-MAN

Ne gronde pas, me voilà, mais tu me jures que je l'épouserai.

FAN-SOU

Fais-moi couper la langue si j'ai menti.

(Elles sortent.)

(Le jour vient. — Un oiseau chante dans les arbres. — La cloche de la pagode commence à tinter.)

SCÈNE VI

PÉ-MIN-TCHON

PÉ-MIN-TCHON, descend lentement du pavillon. — Il lit.

« ... Un jour l'empereur Fou-Si se promenait sur les rives du fleuve Jaune ; tout à coup il vit sortir de l'eau un dragon, portant entre ses ailes une tablette de Jade. L'empereur prit la tablette sur laquelle étaient gravés des signes mystérieux ; à l'aide de ces signes il forma les huit Koua, symboles des éléments. Des huit Koua est née l'écriture. (Il s'assied sur le banc et

tire de sa manche le sachet brodé par Siao-Man.) Il me semble
que je me souviens mal du troisième vers.

        ... Et rêva de lui nouer l'aile...

C'est vrai : Je remplaçais le caractère qui signifie :
rêver par celui qui signifie : désirer. C'est cela, je ne
le regarderai plus. (Il regarde la maison de Siao-Man.) Je crois
que c'est là qu'habite la jeune fille à qui j'ai parlé
cette nuit. Je veux m'en assurer; c'est pourquoi je
suis venu m'asseoir sur ce banc. Personne ne peut
sortir ou entrer sans être vu de moi. Je vais feindre
d'étudier, cela me donnera l'air indifférent. Oh!
chère étude, toi qui étais hier la préférée, tu rends
encore une fois service à celui qui te dédaigne
aujourd'hui. N'a-t-on pas fait glisser le châssis d'une
fenêtre? Non. (Il regarde son livre.) Étudier! Il me semble
que les feuillets de ce livre sont en soie violette et
qu'à chaque ligne est tracé un nom que je ne puis
distinguer. Cette fois, la porte a grincé; quelqu'un
sort de la maison.

SCÈNE VII

PÉ-MIN-TCHON, FAN-SOU

PÉ-MIN-TCHON, à part.

C'est une suivante sans doute; sous quel prétexte
l'aborder? (Il s'avance vers Fan-Sou et la salue cérémonieusement.)
Jeune femme, reçois mes saluts.

FAN-SOU, à part.

C'est notre jeune écolier; pourquoi donc me salue-t-il? (Haut.) Seigneur, je ne suis pas digne de vos hommages.

PÉ-MIN-TCHON

Comment se porte ta noble maîtresse?

FAN-SOU, à part.

Tiens! tiens! il a remarqué la maison... Attends un peu, je vais le dérouter (Haut.) Pas trop mal, pour son âge.

PÉ-MIN-TCHON, à part.

Que dit-elle? (Haut.) La jeunesse est délicate : peut être est-ce la croissance qui la fatigue.

FAN-SOU

En effet, l'excroissance qu'elle a sur l'œil a beaucoup grossi.

[PÉ-MIN-TCHON, à part, effrayé.

Comment!... (Haut.) Et... a-t-elle bien passé la nuit?

FAN-SOU

Non, assez mal : sa jambe de bois la gênait. Elle m'a priée de la lui ôter; puis, une heure après, il a fallu la lui remettre.

PÉ-MIN-TCHON

Quelle horreur!

FAN-SOU

Que voulez-vous! les vieilles gens sont exigeants!
Je rentre lui annoncer votre visite.

PÉ-MIN-TCHON

Non! non! jamais!

FAN-SOU

Vous n'êtes donc pas l'ami de ma maîtresse?

PÉ-MIN-TCHON

Je ne la connais nullement.

FAN-SOU

Pourquoi donc m'avez-vous abordée, alors?

PÉ-MIN-TCHON, hésitant.

C'était... pour te demander ton avis... sur une
question philosophique.

FAN-SOU, éclatant de rire.

Est-il possible! Le bouton de cristal brillant sur
votre calotte m'indique que votre talent est en fleur,
et vous venez me demander conseil à moi, qui ne
suis qu'une pauvre suivante,

PÉ-MIN-TCHON

Les gens simples ouvrent quelque fois des idées
nouvelles.

FAN-SOU, riant.

Eh bien! Voyons la question.

PÉ-MIN-TCHON, à part.

Je ne sais vraiment que lui dire.

FAN-SOU, à part.

Voilà mon futur maître bien embarrassé.

PÉ-MIN-TCHON, à part.

Ah! (Haut.) Voici la question : Pourquoi la tradition, lorsqu'elle parle du Yn et du Yang...

FAN-SOU

Pardon! qu'est-ce que c'est que le Yn et le Yang?

PÉ-MIN-TCHON

Comment! tu ignores? C'est juste : j'oubliais ta
condition. Le Yn et le Yang, ce sont les deux grands
principes masculin et féminin de la nature.

FAN-SOU

Ah! Très bien, merci. Ensuite.

PÉ-MIN-TCHON

Pourquoi la tradition assimile-t-elle toujours le
Yang, c'est-à-dire l'homme, à ce qui est beau, noble
et salutaire, et le Yn, c'est-à-dire la femme, à tout
ce qui est laid, vil et nuisible?

FAN-SOU

Vous permettez, vraiment, que je réponde?

PÉ-MIN-TCHON

De plus savants que toi hésiteraient.

FAN-SOU

Eh bien! comme l'homme n'a de penchants que
pour les choses laides, viles et nuisibles, et qu'il
aime la femme par-dessus tout, on en a conclu que
la femme ne valait rien.

(Elle s'enfuit.)

PÉ-MIN-TCHON

Petite rusée, ta riposte est bonne, mais elle ne
répond qu'à la moitié de ma question.

(Il la poursuit.)

SCÈNE VIII

SIAO-MAN

SIAO-MAN, déguisée en homme, sort de la maison.

Que disait-il donc à Fan-Sou? Ah! pourvu que
son projet réussisse. Je compte bien plus sur elle
que sur moi-même. Voyons, un peu de courage. Qui
pourrait reconnaître une femme sous ces habits de
jeune garçon? Je vais m'asseoir sur ce banc, comme
si j'étais las d'une longue promenade. (Elle s'assied.)
Tiens! il a justement oublié son livre! Il va revenir,

sans doute. Alors je lui dirai : Seigneur, est-ce toi
qui a laissé là ce livre? Il faudra dire cela d'une voix
ferme, mâle... je n'oserai jamais. Je tremble déjà
comme s'il faisait froid. Ah! il faut aussi prendre
une posture d'homme!... Voyons. (Elle prend une position.)
Non, je ne dois pas tenir mon pied dans ma main;
c'est un geste de femme coquette. (Elle change de pose.)
Jamais je n'ai vu un homme s'asseoir; il me semble
que sur les peintures, je les ai vus représentés ainsi;
il vient! Je vais mourir de peur; mon cœur est
comme un oiseau pris au piège.

SCÈNE IX

PÉ-MIN-TCHON

PÉ-MIN-TCHON

Elle a fui vraiment plus vite qu'une hirondelle, et
me voilà tout essoufflé. (Il aperçoit Siao-Man.) Tiens! on
m'a pris mon banc (Il examine Siao-Man à la dérobée.) C'est
sans doute un jeune homme de la ville. Il est ma foi
charmant, et son air modeste prévient en sa faveur.
Si j'essayais de lier connaissance avec lui, il pourrait
peut-être, indirectement, me renseigner sur ce que
je désire tant savoir.

SIAO-MAN, à part.

Il faut que je lui adresse la parole.
(Pé-Min-Tchon s'avance et salue. Siao-Man se lève et salue aussi.)

SIAO-MAN

Seigneur, je me suis peut-être assis sur le banc que tu avais choisi.

PÉ-MIN-TCHON

Seigneur, c'est moi, sans doute, qui ai commis une indiscrétion en choisissant, pour étudier, le lieu ordinaire de ton repos.

SIAO-MAN

Non, non, permets que je me retire.

PÉ-MIN-TCHON

Non, non, fais-moi l'honneur de partager ce banc avec moi. (Ils se saluent de nouveau et s'asseoient.) Nous pourrons ainsi nous reposer de compagnie. (A part.) Je ne sais quelle sympathie m'attire vers ce jeune homme. Je me sens tout disposé à l'aimer.

SIAO-MAN, à part.

Je crois que les rites ordonnent que je lui demande, étant le plus jeune, son nom et le lieu de sa naissance (Haut.) Seigneur, ne m'apprendras-tu pas ton noble nom et celui de la patrie glorieuse?

PÉ-MIN-TCHON

Mon nom est Pé-Min-Tchon, mon humble pays la province de Kouan-Ton.

SIAO-MAN, toujours embarrassée.

Moi, je me nomme... Lie-Se-Nié. Je suis né dans cette ville et j'habite le passage des Tiges de-Bambou..., près de la rue de Ma-Hine.

PÉ-MIN-TCHON

Pardonne à mon ignorance : je suis étranger, et je ne sais pas où se trouve la rue de Ma-Hine.

SIAO-MAN, à part.

Ni moi non plus (Haut.) C'est près de la place du Tertre-Sec...

PÉ-MIN-TCHON

Ah !...

SIAO-MAN, à part.

Suis-je assez stupide !...

PÉ-MIN-TCHON, à part.

Comme il paraît timide !

SIAO-MAN, faisant un effort sur elle-même.

Puis-je te demander, seigneur, si tu comptes l'arrêter longtemps dans la capitale du Chen-Si ?

PÉ-MIN-TCHON

Je dois être rendu à Pékin pour l'époque des grands examens qui ont lieu tous les trois ans. Le temps est proche, hélas !

SIAO-MAN

Pourquoi dis-tu hélas? Qu'est-ce donc que tu
regretteras dans cette ville inconnue?

PÉ-MIN-TCHON

Je ne le sais vraiment pas; mais il est certain que
ce pays a pour moi un charme singulier. C'est un
vague pressentiment, peut-être, que ma destinée doit
s'accomplir ici. En m'éloignant, j'aurai comme un
remords, et quelque chose me dira : La part de
bonheur qui t'est réservée, c'est dans cette ville
qu'elle t'attendait, tu as passé trop vite et tu n'as su
la voir.

SIAO-MAN

C'est peut-être un avertissement des dieux.

PÉ-MIN-TCHON, souriant.

Depuis quelques instants, je pense que ce pressentiment m'annonçait que je rencontrerais ici mon
premier ami.

SIAO-MAN

Ah! seigneur, ne te moque pas de moi.

PÉ-MIN-TCHON

C'est très sérieux, je t'assure. N'as-tu jamais vu,
par exemple, un chien errant choisir tout à coup un
maître parmi les passants, le suivre et lui faire fête?

Son instinct le trompe rarement. Eh bien ! j'ai confiance dans l'instinct qui me pousse vers toi !

SIAO-MAN

Je suis comme un indigent qui s'attend à recevoir
une pièce de cuivre, et à qui l'on donne une bourse
pleine d'or.

PÉ-MIN-TCHON

Vrai ? Tu ne me prends pas pour un fou ? (Souriant.)
Tu ne repousseras pas d'un coup de pied le pauvre
chien perdu ?

SIAO-MAN, avec effusion.

Ah ! je vous aime déjà de tout mon cœur !

PÉ-MIN-TCHON

C'est dit ! nous voilà amis, et tu verras, je suis
fidèle. Sais-tu que nous avons longtemps à nous
aimer ? Moi j'ai vingt ans, et toi ?

SIAO-MAN

Dix-sept.

PÉ-MIN-TCHON

Cher enfant ! et où en es-tu de tes études ?

SIAO-MAN

Je suis prêt pour le premier examen. Après l'avoir
passé, j'étudierai la médecine.

PÉ-MIN-TCHON

Comment! Tu as du goût pour cette science inférieure? Tu t'intéresses aux innombrables nuances
des mouvements des pouls, aux maladies chaudes ou
froides, aux drogues amères, aigres ou salées?
Pouah! Laisse cela aux sorciers des rues.

SIAO-MAN

Ce n'est pas précisément par goût que je veux me
faire médecin : Je suis orphelin et pauvre, et je pense
que la médecine me permettra de gagner rapidement
ma vie.

PÉ-MIN-TCHON

Puisque moi je suis riche, mon frère n'a plus le
droit de dire qu'il est pauvre; et, comme je suis le
frère aîné, le frère cadet doit m'obéir et renoncer à
son dessein.

SIAO-MAN, à part.

Quel cœur!

PÉ-MIN-TCHON

Écoute! Partons ensemble; viens à Pékin, tu étu-
dieras près de moi et tu pourras bientôt prétendre à
la gloire des grands examens.

SIAO-MAN

Hélas! Je ne puis.

PÉ-MIN-TCHON

Pourquoi? ne m'as-tu pas dit que tu étais orphelin

SIAO-MAN, avec hésitation.

Je suis orphelin, mais... J'ai une sœur.

PÉ-MIN-TCHON

Qu'elle doit être belle si elle te ressemble !

SIAO-MAN

Nous sommes comme les deux yeux d'un même visage ; elle n'a que moi pour protecteur ; comment pourrais-je l'abandonner ?

PÉ-MIN-TCHON

Certes ! Tu dois veiller sur elle...

SIAO-MAN

C'est seulement lorsqu'elle sera... mariée que je serai libre de mes actions. J'hésite depuis longtemps dans le choix d'un époux. Le mariage est une chose grave.

PÉ-MIN-TCHON

Ne te hâte pas. Étudie bien celui que tu accueilleras.

SIAO-MAN

Ah ! jamais je n'ai rencontré un homme qui me fût comme toi sympathique à première vue. La loyauté se lit dans les regards, la bonté fleurit sur tes lèvres, et, dans le son de ta voix, on devine tout ce que ton cœur cache de trésors.

PÉ-MIN-TCHON, souriant.

Je m'efforcerai d'être digne de cette trop flatteuse opinion.

SIAO-MAN

Mais... J'y songe... cher frère... Pourquoi n'épouserais-tu pas ma sœur...? Elle serait entre nous un lien, indissoluble! (Pé-Min-Tchon, baisse la tête.) Elle est vertueuse et douce; ses doigts font naître le printemps sur le métier à broder; elle sait lire les poètes et expliquer les philosophes: elle compose même des vers agréables et les chante d'une voix claire, en s'accompagnant du pi-pa à trois cordes.

PÉ-MIN-TCHON

Arrête, ami! ne me parle plus de ta sœur, sous peine de l'offenser. Je ne dois pas penser à elle; je ne puis l'épouser..

SIAO-MAN

Mon Dieu!

PÉ-MIN-TCHON

Je suis engagé.

SIAO-MAN

Ah! qu'ai-je fait!

(Elle se laisse tomber sur le banc et cache son visage dans ses mains.)

PÉ-MIN-TCHON

Comment! tu pleures? En quoi ai-je pu t'affliger si fort?

SIAO-MAN, à part.

Quelle honte!

9

PÉ-MIN-TCHON

Tu te méprends sur mes sentiments. Il m'eût été bien doux de devenir vraiment ton frère... Eh bien! écoute, je vais te dire mon secret. Tu jugeras si je dois me croire engagé : Cette nuit, tandis que je rêvais à celle que je dois aimer sans la connaître encore, quelqu'un jeta sur le seuil de ma porte un gage de tendresse : ce sachet. Puis, je vis une ombre gracieuse glisser entre les arbres. Je m'approchai et je parlai en tremblant à une femme inconnue qui m'écouta d'une oreille furtive, puis s'enfuit effarouchée. J'étais si ému moi-même que le souffle me manquait. Voilà tout. Par ce premier trouble de mon cœur, je me crois lié à cette femme. Dis-moi : qu'en penses-tu?

SIAO-MAN, très émue.

Oh! oui, oui; ton cœur n'est plus à toi. Tu es lié pour jamais.

(Une chaise à porteur s'arrête au fond de la scène. Une vieille femme, très majestueuse, en descend. Elle a sur le nez une vaste paire de lunettes.)

SCÈNE X

Les Mêmes, LA VIEILLE FEMME, au fond.

PÉ-MIN-TCHON à SIAO-MAN

Cependant, si mon inconnue n'était pas telle que je la rêve?

LA VIEILLE FEMME, à part.

Puis-je en croire mes yeux! Ma nièce est changée en un neveu.

SIAO-MAN à PÉ-MIN-TCHON

Puisqu'elle a su te comprendre et t'aimer, elle doit être digne de toi.

LA VIEILLE FEMME. à part.

Que se disent-ils donc? Ils sont là vraiment comme un couple de sarcelles.

(Elle se rapproche.)

PÉ-MIN-TCHON

Mais, c'est peut-être une intrigante. J'hésiterais vraiment à l'épouser. Songe donc : une femme que l'on rencontre dehors la nuit !

LA VIEILLE FEMME

Certes, on n'épouse guère une jeune fille que l'on a rencontrée la nuit dans la rue.

PÉ-MIN-TCHON à SIAO-MAN

Que dis-tu?

SIAO-MAN

Rien.

PÉ-MIN-TCHON

Et puis, ce sachet jeté ainsi dans la chambre d'un jeune homme, cela ne te semble-t-il pas une action un peu effrontée?

LA VIEILLE FEMME

On ne peut plus effrontée. C'est elle qui a jeté le sachet, je le vois à son air penaud.

PÉ-MIN-TCHON

Une jeune fille bien née n'eût pas fait cela.

LA VIEILLE FEMME

Attrape.

SIAO-MAN

Mais si, craignant de te voir partir pour toujours, elle n'avait pas eu d'autre moyen de correspondre avec toi?

PÉ-MIN-TCHON

Elle devait se confier à ses parents.

SIAO-MAN

Si elle n'a pas de parents?

PÉ-MIN-TCHON

Méchant ami! Je m'efforce de faire taire mon cœur pour te complaire, et tu l'acharnes contre moi.

SIAO-MAN

Suis l'impulsion de ton cœur, mon frère chéri, et tu me combleras de joie.

PÉ-MIN-TCHON

Cependant, tu paraissais triste tout'e à l'heure, en apprenant que j'étais engagé.

SIAO-MAN

C'est, que tout à l'heure je ne savais pas et que maintenant...

LA VIEILLE FEMME, outrée.

Elle va lui dire que c'est elle !

PÉ-MIN-TCHON

Maintenant?

SIAO-MAN

Celle qui a brodé le sachet, c'est...

LA VIEILLE FEMME, les séparant brusquement.

Pardon, de vous interrompre, jeunes seigneurs! mais n'est-ce pas ici la place du Tertre-Sec?.

PÉ-MIN-TCHON, avec un peu d'impatience.

Je n'en sais rien, honorable femme, je ne suis pas du pays.

SIAO-MAN

Ciel! ma tante!

LA VIEILLE FEMME, feignant d'étreindre sa nièce.

Petite gueuse, tu allais déshonorer ta famille! j'ar

rive à temps pour tout sauver. Continue à jouer ton rôle de garçon.

SIAO-MAN, toute tremblante, à Pé-Min-Tchon

Mon ami, c'est ma tante qui arrive de voyage, et que je croyais morte.

(Pé-Min-Tchon salue.)

LA VIEILLE FEMME

Et qui se porte à merveille, grâce aux poussahs ! Je vois que tu es l'ami de mon neveu.

PÉ-MIN-TCHON

Son plus fidèle ami.

LA VIEILLE FEMME, l'examinant.

Il doit être fier de toi. Mais... Qu'as-tu donc là ?

(Elle lui arrache le sachet.)

PÉ-MIN-TCHON

Mais...

LA VIEILLE FEMME

Où as-tu trouvé cela ?

PÉ-MIN-TCHON

Sur l'escalier de ma chambre... Que t'importe ?

(Il veut le reprendre.)

LA VIEILLE FEMME

Ma suivante Fan-Sou est seule capable d'exécuter ce point de broderie.

PÉ-MIN-TCHON

Quoi ! une suivante ?

LA VIEILLE FEMME

Il est de mon invention et je ne l'ai montré qu'à elle.

PÉ-MIN-TCHON

Une suivante ne compose pas des vers aussi corrects et aussi gracieux.

LA VIEILLE FEMME, minaudant.

Epargne ma modestie !

PÉ-MIN-TCHON

Comment ?

LA VIEILLE FEMME

Ces vers sont tracés de ma main sur une pancarte accrochée dans ma chambre de nuit. Je les composai pour feu mon glorieux époux lorsqu'il partit pour la guerre ! Je chasserai cette voleuse de Fan-Sou.

SIAO-MAN

Ah ! ma tante, pardonne-lui.

LA VIEILLE FEMME

Tais-toi !

PÉ-MIN-TCHON, qui semble avoir pris une résolution, s'avance avec gravité vers la vieille.

Noble femme ! Veux-tu t'asseoir sur ce banc, afin

que je puisse te saluer selon les rites et t'adresser une demande.

(La vieille s'assied. Pé-min-Tchon lui fait diverses salutations.)

PÉ-MIN-TCHON

Mon nom est Pé-Min-Tchon, ma fortune s'élève à cent mille liangs d'or. Mon talent est en fleur et j'espère, aux prochains examens, être admis, parmi les dragons et les tigres, dans la forêt des mille pinceaux. Lorsque tu es arrivée, j'allais demander à mon ami qu'il m'accorde sa sœur en mariage, ta nièce charmante qui doit être la gloire de l'appartement intérieur. C'est à toi que je m'adresse maintenant. Me crois-tu digne d'être son époux? C'est en tremblant que j'attends ta réponse.

LA VIEILLE FEMME

Le dieu Fo a voulu fêter mon retour en me faisant rencontrer, avant même d'être entrée dans mon logis, un jeune homme possédant toutes les qualités; ma nièce ne pouvait rêver un plus gracieux mari, elle ne pouvait pas l'ambitionner plus savant... Surtout lorsqu'il sera revenu des grands concours de Pékin.

SIAO-MAN

Ah! mon ami!

PÉ-MIN-TCHON

Mon frère bien-aimé!

LA VIEILLE FEMME

Allons! allons! C'est bien : je suis attendrie ; mais
à nous voir ainsi dehors, on dirait vraiment que nous
n'avons pas de maison. Voici la mienne : entrons,
nous ferons mieux connaissance, et, à ton retour de
Pékin, nous choisirons un jour heureux, et un cortège magnifique conduira ta jeune épouse jusqu'au
seuil de ta demeure.

(A Siao-Man, à part.)

D'ici là, mon neveu aura soin d'être mort et enterré.

(Après mille cérémonies, Pé-Min-Tchon entre dans la maison.)

LA VIEILLE FEMME, se tournant vers Siao-Man et ôtant ses lunettes.

Eh bien, maîtresse, ai-je tenu parole?

SIAO-MAN

Ah !... Fan-Sou.

FAN-SOU, un doigt sur les lèvres.

Chut !...

(Elles entrent dans la maison.)

YU-PÉ-YA JETANT SA LYRE

YU-PÉ-YA JETANT SA LYRE

Le noble Yu-Pé-Ya, le cœur
désaccordé, par la mort de son
ami, jette sa lyre (1).

« On cite toujours l'amicale générosité de Pao-So.
« Mais qui connaît la Lyre de Pé-Ya ?
« Aujourd'hui, sous les dehors de l'amitié, se ca-
« chent des sentiments de démons.
« Je cherche en vain par le monde une tendresse
« sincère, et, cependant, mon cœur recèle le senti-
« ment qu'elle existe. »

Il y a beaucoup de nuances entre les amis et plusieurs sortes d'amitiés : on nomme *Tsé-ki*, celle qui

(1) Cette page d'histoire chinoise est traduite du Kin-Kou-
Ky-Kwan (*Faits remarquables anciens et modernes*). Nouveau
fond chinois, 1671, Bibliothèque nationale.

est inspirée par la charité et la vertu : protection
d'une part, gratitude de l'autre. La sympathie et le
dévouement réciproque, c'est *l'intimité des cœurs* :
Tse-Sin. Deux esprits qui s'apprécient, se pénètrent
et s'accordent, sous une émotion commune, provo-
quée par la musique ; c'est l'amitié née de l'harmonie
des sons : *Tse-Yu*.

Maintenant, auditeurs qui voulez m'entendre,
prêtez l'oreille à cette histoire — que les autres fassent comme ils voudront. — Je conte ces aventures
d'amis illustres seulement à qui m'est ami. A qui
ne l'est pas, je ne dis rien :

Au temps des guerres, entre les royaumes qui formaient alors la Chine, vivait un grand dignitaire dont
le nom de famille était Yu, le prénom Tseu (bonheur), et le surnom Pé-Ya.

Son corps était du royaume de Tsou, car il avait
vu le jour à Yen-Fou, la capitale — ce pays fait partie
aujourd'hui de la province de Hou-Fé, préfecture de
Kar-Tsen — mais son étoile l'avait conduit dans le
royaume de Tsin, où il était premier ministre.

Il atteignit encore un grade plus élevé en recevant
un ordre royal, celui d'aller dans le pays de Tsou
faire visite au souverain et lui porter des présents.
Cette mission fut avantageuse à Pé-Ya qui, par ses
talents, fit honneur à son roi, dont il exécuta tous les
ordres à merveille. De plus, cette ambassade four-

nissait à l'envoyé l'occasion de revoir sa patrie :
d'une seule flèche, il pouvait atteindre deux buts.

Il avait voyagé par terre pour se rendre à la capitale de Tsou. Il vit le roi et lui présenta son ordre de
créance.

Pé-Ya fut reçu avec beaucoup d'égards, on lui
offrit un festin et on donna des fêtes en son honneur.
Mais se trouvant dans son pays natal, il était impa-
tient de visiter les tombeaux de ses ancêtres, de saluer
ses parents, ses amis, et de revoir aussi toute la contrée. Les devoirs de sa charge ne lui permettant pas
de trop s'attarder, aussitôt les affaires publiques ter-
minées, il demanda au roi son congé.

Pé-Ya reçut en présents des barres d'or, des satins,
de toutes couleurs, finement brodés, une haute voiture et quatre chevaux.

Depuis vingt ans, il n'était pas venu dans son pays
et se trouvait tout heureux ; mais une impatience le
tenait, quand il songeait aux paysages, aux montagnes, aux superbes fleuves de sa patrie. Il était bien
décidé à tout revoir, et il aurait voulu échanger sa
voiture contre un navire, afin de regagner par eau,
en faisant un grand détour, le royaume de Tsin.

Il dit alors au roi de Tsou :

— Je suis bien malheureux de ressentir une
grande lassitude, comme les chevaux qui ont trop
travaillé. Je redoute les secousses de la voiture.
C'est pourquoi j'ose vous prier de vouloir bien me
prêter des bateaux et des rameurs, pour m'en re-

tourner, cette façon de voyager conviendra mieux à ma santé.

— Je vous accorde votre demande, répondit le roi.

Et il ordonna au ministère des eaux de choisir deux grands navires; le plus somptueux pour l'ambassadeur, l'autre pour sa suite et ses bagages.

Ces navires étaient entièrement peints et dorés, avec de hautes voiles; l'habitacle était garni de tentures et de portières brodées, de tapis et de meubles superbes.

Le jour du départ, tous les ministres conduisirent Yù-Pé-Ya jusqu'à l'embarcadère, et après, des souhaits de bonheur, le quittèrent.

Sans s'inquiéter des distances, Pé-Ya voulut visiter les plus beaux sites. La splendeur de la nature est ce qui s'accorde le mieux avec les sentiments de son âme poétique et élégante. On déploya les voiles, la proue du navire fendit les flots bleus; les collines vertes s'étagèrent, l'eau pure s'étendit à perte de vue; sollicité de toute part par tant de beauté, Pé-Ya ne savait de quel côté arrêter ses regards.

Avant la fin du jour il arriva au confluent du Yan-Tsé-Kiang et du Heu-Yan. C'était le soir du quinzième jour du huitième mois, au milieu de l'automne.

Mais voici qu'une tempête se lève; l'eau s'agite, la pluie tombe à torrent; le bateau ne peut plus avancer, il s'arrête et jette l'ancre au pied d'une haute montagne.

Pourtant le vent cesse bientôt, les flots se calment,

Avant la fin du jour, il arriva au confluent de deux rivières... (p. 141).

la pluie s'arrête; les nuages s'écartent et le disque très pur de la lune se présente.

Après la pluie, sa lumière semble rafraîchie et d'une clarté incomparable. Tout seul sur son navire, Pé-Ya est néanmoins un peu triste; il appelle un serviteur :

— Brûlez des parfums dans les cassolettes, dit-il : je veux jouer un morceau sur le kin (lyre), pour alléger mon cœur.

Le serviteur alluma les parfums, apporta le kin dans son étui de soie, et le posa, sur son support, devant Pé-Ya.

Celui-ci ouvrit l'étui, en tira le kin et l'accorda. Il commença de jouer, et bientôt, sous ses doigts, l'instrument rendit des sons troubles; et avant que le morceau fut terminé, avec un bruit sec, une corde se cassa.

Pé-Ya, très surpris, s'arrêta.

— Demandez donc au pilote dans quel lieu nous sommes, cria-t-il.

— Le vent et la pluie nous ont contraints de nous arrêter au pied d'une montagne, lui répondit-on. Il n'y a aux alentours que des plantes et des arbres, on ne voit aucune habitation.

— C'est donc un pays encore désert, dit Pé-Ya; mais s'il existe aux environs une ville ou un village, sans doute un de ses habitants a entendu mon kin par surprise, car le son a changé tout à coup et une corde s'est rompue. Si la montagne est vraiment

10

déserte, d'où peut venir cet être qui m'a écouté ?...
Ah ! je devine : un de mes ennemis a posté là quelque
assassin pour me tuer ; ou bien, un voleur guette,
au fond de la nuit, et veut attaquer mon bateau, paré
de tant de richesses.

Et il crie à ses serviteurs :

— Explorez la contrée, dans toutes les directions ;
montez sur la montagne et cherchez partout : s'il
n'y a personne sous l'ombre des saules, certainement
dans les roseaux quelqu'un se cache.

Les serviteurs exécutèrent l'ordre ; en grand tumulte, ils se préparèrent à gravir la montagne,
mais, tout à coup, un homme parut sur le quai qui
dit à haute voix :

— Seigneur de ce navire, ne redoutez rien : moi,
très humble, je ne suis ni voleur, ni assassin, mais
simplement bûcheron. J'ai ramassé des bûches et je
rentrais, un peu en retard, quand l'orage m'a surpris. Mes habits de pluie étaient impuissants à me
protéger et j'ai caché mon corps dans un coin de la
montagne. L'orage passé, j'ai repris ma route, mais
en entendant résonner les cordes de votre instrument, je me suis arrêté pour écouter le kin.

— Oh ! comment un bûcheron de la montagne
ose-t-il écouter le kin ? dit Pé-Ya, en riant. Je mets
en doute sa parole et je la compte pour rien. Et il
ajouta :

— Renvoyez-le.

Mais le bûcheron ne s'en alla pas.

— Votre Grandeur a prononcé des paroles insensées, dit-il. N'avez-vous pas entendu dire que dans un village de dix maisons il peut se rencontrer un homme sincère et juste, mais que là où habite un sage, bientôt un autre sage se présente au seuil de la porte attiré par la renommée? Pourquoi votre orgueil vous fait-il supposer que cette montagne sauvage ne peut pas abriter un être digne d'écouter le kin? Alors, en ce cas, au fond de la nuit, on ne devrait pas se permettre d'en jouer.

Pé-Ya comprend, à ces expresssions peu vulgaires, qu'il s'agit vraiment d'une personne digne d'attention; il arrête les clameurs des serviteurs et s'avance sur la porte de l'habitacle.

— Hé! vous! habitant de la haute montagne, dit-il, vous êtes demeuré longtemps debout pour écouter le kin : savez-vous quel morceau j'ai joué tout à l'heure?

L'homme répondit :

— Moi très humble, si je ne l'avais pas su, je ne me serais pas arrêté pour l'écouter. Le morceau que Votre Grandeur a joué tout à l'heure, c'est Khon-Tsé (Confucius) qui l'a composé, en pensant à son disciple préféré Hy-Houëi.

« Quelle pitié! ô triste sort d'Hy-Houëi mort si jeune!
« Depuis qu'on le pleure les cheveux ont eu le temps de se couvrir de gelée blanche.
« Il était si heureux, lui, de sa petite maison, de sa corbeille de riz et de son gobelet à boire! »

Vous avez joué jusque-là, vous n'avez pas dit le quatrième vers, mais je m'en souviens :

« Dans le monde il a laissé à jamais le nom d'un sage. »

Pé-Ya fut très heureux en entendant cette réponse, et il s'écria :

— Maître, il est certain que vous n'êtes pas un homme ordinaire; mais vous êtes bien loin de moi et il ne m'est pas facile de causer.

Il ordonna alors aux marins de poser le pont volant et de tendre la gaffe qui sert de rampe, puis de prier l'inconnu de descendre dans l'habitacle afin de pouvoir tout à son aise approfondir la question. Les serviteurs exécutèrent l'ordre et l'homme monta sur le bateau.

C'était vraiment un bûcheron. Il était coiffé d'un chapeau en feuilles de bambous, et couvert d'un manteau de paille; il s'appuyait sur une pique, avait sa large hache passée à sa ceinture et il était chaussé de souliers en jonc tressé.

Les domestiques, voyant cette tenue, le regardaient avec dédain et échangeaient entre eux des clins d'yeux.

— Hé! bûcheron, par ici! et en face de Monseigneur prosterne-toi. S'il t'interroge, fais bien attention à tes réponses, car c'est un très haut mandarin.

Mais ce bûcheron était un homme de sens.

— Il est inutile d'être grossier, dit-il. Attendez que

je quitte mes vêtements de pluie, j'entrerai ensuite.

Il ôta son chapeau et rajusta son turban d'étoffe bleue. Il retira son manteau qui recouvrait sa tunique de toile, attaché par une large ceinture qui lui servait de poche et laissait voir le pantalon. Très tranquillement il rangea son grand chapeau en forme de toit, son manteau, posa sa pique et sa hache à la porte de l'habitacle. Il ôta ses sandales en jonc pour secouer l'eau, puis il les remit et, pas à pas, entra dans la salle. C'était comme un pavillon de prince, très éclairé par des lampes et des bougies. Au milieu étaient disposés une table très somptueuse et un fauteuil pareil à un trône.

Le bûcheron salua seulement en soulevant ses poings et dit :

— Je vous salue respectueusement, Seigneur.

Le grand mandarin du royaume de Tsin fut bien surpris de se trouver en présence d'un homme si simple en costume vulgaire; ses yeux ne se souvenaient pas d'en avoir vu de pareil. Il ne savait quelle conduite tenir; le saluer? mais comment?... Le renvoyer était impossible après l'avoir lui-même appelé. Il se décida à esquisser un salut, en soulevant un peu ses poings.

— Mon sage ami, dit-il, laissez les cérémonies.

Et il dit aux serviteurs :

— Donnez-lui de quoi s'asseoir.

Les serviteurs apportèrent un humble escabeau et Pé-Ya dit avec une moue dédaigneuse :

— Tu peux t'asseoir.

Sans aucun embarras le bûcheron s'assit, tout simplement.

Pé-Ya, un peu surpris et choqué de ce sans-façons, ne lui demanda pas, comme c'est l'usage de le faire, son nom de famille et son prénom ; il ne commanda pas non plus le thé. Ils restèrent ainsi longtemps, sans parler ; à la fin ce fut Pé-Ya qui, gêné par ce silence, le rompit.

— Qui donc tout-à-l'heure du haut de la montagne a écouté le kin ? dit-il. Est-ce toi ?

— J'ose à peine avouer que c'est moi, répondit le bûcheron.

— Je te le demande : Mais puisque c'est bien toi qui écoutais, tu dois savoir l'histoire du kin, de quelle main est sorti celui-ci, et quels sont les bienfaits qu'on peut retirer de ce noble instrument.

Au moment où Pé-Ya faisait ces questions, le patron du bateau vint dire :

— Maintenant le vent est bon, la lune éclaire comme en plein jour : peut-on reprendre la route ?..

— Attendez encore, dit Pé-Ya.

— Je suis très honoré que Votre Grandeur ait daigné me recevoir, dit le bûcheron ; mais je regretterais que les bavardages, floconnant comme le duvet du cotonnier, d'un pauvre homme tel que moi, vous fassent manquer la brise favorable qui pousserait votre navire.

Pé-Ya répondit en riant :

— Je regrette surtout que tu ne connaisses pas
le kin à fond : si tu pouvais me donner la preuve
que tu le connais, quand même je devrais perdre
mes hautes fonctions, je n'hésiterais pas à retarder
mon voyage.

— Puisqu'il en est ainsi, moi, pauvre homme,
j'ose commencer cette explication, au-dessus de mes
forces :

« Le kin a été inventé par l'empereur Fo-Shi. Il
avait vu l'âme des cinq planètes s'abattre, en volant,
sur l'arbre Ou-Tong. Le Phénix, qui est le roi des
oiseaux, qui ne mange que les fruits des bambous et
ne boit qu'aux sources les plus pures, perche seulement dans cet arbre.

« Fo-Shi jugea que le Ou-Tong, qui semble avoir
absorbé l'âme de la nature, est le plus précieux des
arbres, et qu'il pouvait servir à former un excellent
instrument de musique.

« Il ordonna de couper l'arbre qui était haut de
trente tsiens et trois tseus, chiffre correspondant au
nombre des trente-trois cieux. Après qu'il fut abattu,
il le fit couper en trois morceaux, figurant les trois
principes élémentaires : le ciel, la terre et l'homme.
Il frappa alors la plus haute de ces trois parties, et
trouva le son qu'il rendait trop clair et le bois trop
léger; il repoussa ce fragment; il frappa la partie
inférieure qui rendit un son trouble et sombre parce
qu'elle était trop lourde. La partie du milieu donna

un son ni trop clair ni trop sombre, le bois n'était
ni trop lourd ni trop léger.

« Fo-Shi trempa le fragment dans une eau courante; et le laissa pendant 72 jours, qui répondaient
aux 72 divisions de l'année; puis il le retira et le fit
sécher à l'ombre.

« L'astrologue ayant indiqué un jour où les pro-
nostics étaient favorables, Fo-Shi confia le bois à
Liou-Tse-Ki, menuisier délicat, afin qu'il taillât dans
l'*Ou-Tong* un instrument de musique qui serait
nommé Yao-Kin, parce qu'il servirait d'abord à
exécuter la musique nommée Yao-Tchy. Sa lon-
gueur était de trois *tsiens*, six *tseus* et un *pen*, nombre
correspondant aux degrés du ciel. Il était arrondi à
sa partie supérieure pour représenter la voûte céleste; la partie inférieure était plane comme la terre.
Ses cinq cordes correspondaient aux cinq planètes
et aux cinq éléments. La *Demeure du dragon* (le che-
valet sur lequel s'appuient les cordes) était à huit
pouces de l'extrémité inférieure de l'instrument pour
représenter les huit aires du vent, et le *Nid du phénix*
(point où s'attachent les cordes) à quatre pouces de
l'extrémité supérieure pour répondre aux quatre sai-
sons.

« L'épaisseur du kin est de deux *tseus*, nombre
symbolisant le ciel et la terre. La tête de l'instrument, c'est : le *Jeune homme d'or*; la taille, c'est : la
Jeune fille de Jade; le dos, c'est : l'*Immortel*. Il y a
le *Lac du Dragon*, et l'*Étang du Phénix*. Les che-

villes où s'attachent les cordes sont de Jade, les chevalets qui les soutiennent sont d'or. On compte
douze chevalets, qui correspondent aux douze lunes
de l'année, et un treizième qui figure la lune interca-
laire.

« Autrefois, le kin n'avait que cinq cordes répon-
dant aux cinq éléments : les métaux, le bois, l'eau,
le feu et la terre, et aussi aux cinq tons de la gamme :
Kong, San, Kio, Tse, Hu.

« Au temps de Yao et de Chun, on touchait le kin
à cinq cordes et l'on chantait les vers intitulés : *Nan
Fong* (le Vent du Sud), et l'État était florissant.

« Plus tard, Wen-Wang, de la dynastie des Tchéou,
qui avant d'être empereur, prisonnier à Kine-ly,
était au service de la dynastie des Yuen, pour rendre
hommage aux mânes de son fils Pé-hy-Ko, ajouta
une corde à la lyre, à l'expression triste, pure, douloureuse, sombre. On l'appelle la corde de Wen-Wang;
son fils Wou, ayant détrôné et tué le dernier empereur des Chang, restaura la musique noble, en
réprouvant la danse. Il ajouta encore au kin une
corde, au son éclatant, qu'on appelle la corde de
Wou. Le kin eut alors sept cordes.

« Il y a six états de choses redoutables au kin : le
trop froid, le trop chaud, le grand vent, la grande
pluie, l'orage, la neige.

« Il y a sept circonstances dans lesquelles il faut
s'abstenir de toucher au kin : à l'annonce d'un deuil;
si l'on joue d'autre musique dans le voisinage;

quand on est trop préoccupé par des affaires; quand
on n'a pas pris le temps de purifier son corps; quand
on n'a pas de vêtements élégants; quand on n'a pas
allumé les parfums; quand il n'y a pas là un auditeur
digne d'entendre.

« Les huit grandes beautés du kin sont : la pureté, la rareté, le mystère, l'élégance, la mélancolie,
la force, la réflexion, l'étendue.

« Quand on le joue en perfection, le tigre qui
miaule, s'il entend, se tait, et le singe, gémissant
dans les branches, cesse d'être triste. Tels sont les
bienfaits du kin. »

Devant ce ruissellement de paroles, Pé-Ya pensa
que le bûcheron n'avait peut-être seulement qu'une
excellente mémoire.

— Mais cela est déjà rare, se dit-il, et je vais l'in-
terroger encore.

Et s'adressant au bûcheron, il ajouta :

— Je vois, maître, que vous connaissez parfaitement les règles de la musique. Vous souvenez-vous
d'un fait que l'on rapporte à propos de Khong-
Tseu?... Un jour, il jouait du kin dans son pavillon,
quand son disciple favori Hy-Houëi entra dans la
salle. Celui-ci s'arrêta, surpris; les sons de l'instrument étaient rudes et sombres, et il eut le sentiment
que Khong-Tseu éprouvait un désir vorace et sanguinaire. Il ne put s'empêcher de faire part au

Maître de son impression. Alors, celui-ci répondit en souriant :

« Tout à l'heure, pendant que je jouais du kin, je voyais, par la fenêtre, un chat qui poursuivait un rat. Je suivais cette chasse, désirant que le rat fut pris et craignant qu'il ne s'échappât. C'était là ma pensée « vorace et sanguinaire ». Malgré moi, je l'ai communiquée aux cordes de l'instrument... »

— Maintenant, continua Pé-Ya, je crois connaître les règles musicales de la sainte Maison, dans leurs plus fins détails. Si moi, très humble, je jouais le kin, avec quelques sentiments dans le cœur, pourriez-vous, maître, en m'écoutant, les deviner?

— Il est dit dans le *Che-Kine* (1) : « Ce que les autres ont dans le cœur, je le devine ». Que Votre Grandeur essaie une fois, et moi, pauvre homme, je tâcherai avec mon cœur de décrire. Si je ne le peux pas, que Votre Grandeur me pardonne.

Alors Pé-Ya rajusta la corde à son kin et médita quelques instants.

Sa pensée se porta sur les hauts pics des montagnes et il joua un morceau.

— Ah! que c'est beau! s'écria le bûcheron. Votre pensée plane sur les cimes majestueuses des montagnes!...

Pé-Ya, très ému, ne répondit rien, et médita de nouveau. Il joua un autre morceau en pensant à une eau courante.

(1) Le *Livre des vers.*

— Ah! quelle beauté! s'écria bientôt le bûcheron.
Je vois le tumulte des eaux!....

Pé-Ya fut saisi de surprise. Il repoussa le kin et se
leva, n'hésitant plus à accomplir envers son hôte les
cérémonies de réception.

— J'ai manqué de respect! J'ai manqué de respect! s'écria-t-il. Le rocher recèle souvent un précieux morceau de jade! Si on juge les hommes
d'après leurs habits, est-ce qu'on ne risque pas de
méconnaître le plus savant lettré du monde? Seigneur, votre élégant prénom et votre noble nom de
famille?

Le bûcheron répondit en s'inclinant :

— Moi, pauvre homme, mon nom de famille est
Tson, mon prénom Hoie, et mon surnom est Tse-
Tchi.

Pé-Ya salua en soulevant ses poings :

— Ah! vous êtes le seigneur Tson-Tse-Tchi?

— Quel est le nom éminent de Votre Grandeur?
dit à son tour le bûcheron. En quel lieu occupez-
vous une illustre situation?

— Moi, humble fonctionnaire, je m'appelle Yu-Pé-
Ya. Je suis ministre du roi de Tsin. J'ai été chargé
d'une ambassade, et je passe, en m'en retournant,
par votre glorieux pays.

— Ah! je pensais bien que le seigneur Pé-Ya était
un très puissant mandarin! s'écria Tson-Tse-Tchi.

Pé-Ya invita le bûcheron à s'asseoir à la place
qu'on offre au visiteur, et s'assit lui-même à la place

que doit occuper le maître de la maison, puis il cria au serviteur d'apporter le thé. Et quand ils eurent bu le thé, il commanda le repas.

— Profitons de l'occasion qui nous est offerte de causer ensemble, dit Pé-Ya. Cela ne vous déplaira-t-il pas? et voulez-vous que ce soit sans cérémonie?

— Je n'oserais pas être, en quoi que ce soit, d'un autre avis.

Le domestique avait emporté le précieux kin, disposé la table et servi le dîner.

Pé-Ya demanda encore :

— Alors, Seigneur, vous parlez le dialecte de Tson? Je ne sais pas où se trouve votre illustre maison.

— J'habite non loin d'ici, répondit Tse-Tchi. Ce pays s'appelle Ma-Hine-Shan (*Montagne du coursier paisible*); le nom de mon village est Tsi-Tyé (*demeure des sages*); ma hutte se trouve là.

— Bien! bien! dit Pé-Ya, en hochant la tête. Quelle est votre élégante profession?...

— Je ne fais pas autre chose que de couper du bois pour vivre.

Alors, en souriant, Pé-Ya dit :

— Monseigneur Tse-Tchi, l'humble magistrat craint de vous dire toute sa pensée de peur de vous blesser; mais pourquoi un homme de votre talent ne brigue-t-il pas, dans le palais, une place digne de ses mérites, qui lui permettrait de laisser un nom illustre, qui serait plus tard gravé sur le bambou et le sapin?... Pourquoi cacher de tels mérites dans les forêts de la montagne? Vous mêlez les marques de vos pas à celles des bûcherons et des bergers, et vous mêlerez vos restes aux détritus des arbres et des plantes. Je ne trouve pas cela réjouissant.

— Seigneur, je ne vous cacherai pas la vérité, répondit Tse-Tchi. Dans ma maison, au-dessus de moi, j'ai deux vieux parents; au-dessous de moi, il n'y a pas de bras qui puissent les soutenir. Donc, je coupe du bois pour vivre, et je continuerai tant que mes parents compteront les années. M'offrirait-on une situation égalant celle de trois ducs, je ne consentirais pas à les quitter un seul jour.

— Votre piété filiale est exemplaire, dit Pé-Ya. Un homme vertueux comme vous l'êtes est bien rare dans le monde.

Ils se versèrent réciproquement du vin et burent quelques tasses. L'attitude du bûcheron n'avait pas changé; il ne s'était pas plus ému des honneurs que du manque d'égards.

— Combien comptez-vous de printemps bleus? demanda Pé-Ya.

— J'en ai compté, vainement, vingt-sept.

— Le petit mandarin a dix ans de plus que vous. Tse-Tchi, si vous ne me repoussez pas, nous pourrons nous appeler frères, et cela me permettrait de ne pas trahir l'amitié que m'a inspirée celui qui sait si bien apprécier l'harmonie des sons.

— Votre Grandeur s'égare, dit Tse-Tchi, en riant;

vous êtes un des plus grands d'un grand royaume, et
moi je suis un vulgaire villageois. Comment oserais-
je me hausser jusqu'à vous? et il y aurait pour vous
du déshonneur à vous abaisser jusqu'à moi.

— Je suis connu de tous, dit Pé-Ya, mais très peu
d'hommes connaissent mon cœur. J'occupe une
petite fonction qui m'oblige à rouler sans cesse dans
le vent et la poussière. Si je pouvais conquérir l'amitié
d'un grand sage, ce serait comme dix mille joies dans
ma vie. Si vous dédaignez la fortune et la noblesse,
de quelle sorte suis-je pour vous?

Il fit signe au serviteur de rallumer le feu dans les
cassolettes et d'y jeter des parfums, puis au milieu
du salon il se prosternèrent huit fois tous les deux en
même temps l'un devant l'autre. Pé-Ya étant l'aîné,
il prit le titre de : *frère aîné, fidèle jusqu'à la mort*;
Tse-Tchi prit le titre de : *frère cadet*. Cette cérémonie
terminée, ils réchauffèrent encore du vin; et Tse-Tchi
invita Pé-Ya à prendre la place d'honneur, et Pé-Ya
obéit. Il changea de place les tasses et les bâtonnets,
ils s'assirent tous les deux à table, et en causant se
donnèrent le titre d'aîné et de cadet.

« Tout ennui se dissipe, quand paraît l'ami avec
lequel le cœur s'accorde.

« La parole de celui que l'on a connu dans une
émotion commune, en écoutant la musique, on ne se
lasse jamais de l'entendre. »

Ils causèrent avec ardeur, et ne s'aperçurent
point que la lune pâlissait et que les étoiles deve-

naient rares, tandis qu'une blancheur commençait à
teinter l'Orient.

Déjà les matelots se levaient et disposaient les
voiles et les cordages, se préparant à lever l'ancre.

— Il faut nous quitter, dit Tse-Tchi en se levant
de son siège.

Pé-Ya prit à deux mains une tasse de vin et la
tendit à Tse-Tchi, serra la main de Tse-Tchi et dit en
soupirant.

— Mon sage frère cadet, pourquoi vous ai-je connu
si tard, pourquoi nous quitter si tôt?

Tse-Tchi, en entendant ces paroles, ne put empêcher les perles de ses yeux de tomber dans sa tasse,
et il but d'un seul trait avec ses larmes. Il versa
ensuite une tasse pour Pé-Ya et la lui offrit.

Tous deux sont très tristes de se séparer.

— Votre frère ignorant n'a pas pu encore vous
exprimer tout le respect de ses sentiments. J'ai l'idée
d'inviter mon sage cadet à voyager avec moi pendant quelques jours. Mais j'ignore s'il pourra y con-
sentir?

— Votre petit frère, répondit Tse-Tchi, voudrait
bien pouvoir vous suivre, mais mes parents sont
vieux. « Tant que le père et la mère existent, il ne faut
pas entreprendre de longs voyages ».

— Ces deux nobles personnes sont encore dans
votre maison; vous leur demanderez la permission de
venir me voir à Tsin-Yan. « On peut cependant
voyager en certaines circonstances. »

Son tombeau est au pied du mont Ma-Hin (p. 168).

— Votre petit frère n'ose pas promettre légèrement et risquer de ne pas être sincère, en ne pouvant
tenir son engagement, dans le cas où ses parents ne
lui donneraient pas la permission. Mon aimable frère,
à quelque mille lieues de moi, pourrait attendre ma
venue, sans qu'il me soit possible de l'avertir qu'elle
n'aurait pas lieu. Ce serait une grave faute de ma
part.

— Sage frère, vous êtes vraiment un homme
de grande vertu; alors ne parlons plus de cette
visite, l'an prochain, je reviendrai voir mon sage
frère.

— A quelle date de cette prochaine année mon
aimable frère reviendra-t-il, pour que je puisse
attendre son élégant cortège?

Pé-Ya compta sur ses doigts.

— Hier soir était la fête de la mi-automne. Ce
matin, l'azur de ce jour s'étend sur le huitième mois
à son seizième jour. Sage frère, je reviendrai encore
au même moment, aux environs de cette fête. Si, passé
la seconde dizaine de ce mois, vous m'attendez en
vain jusqu'à la fin de l'automne, tenez-moi pour un
insensé.

Il dit à son secrétaire de bien prendre note de la
résidence de son sage frère et de la date du rendez-
vous.

— Oui, c'est cela, dit Tse-Tchi; alors votre petit
frère, après la fête de la mi-automne, sera debout, respectueusement, à vous attendre au bord du fleuve. Je

11

n'aurai garde d'y manquer. La lumière du jour est déjà claire et votre petit frère vous quitte,

— Restez encore un instant, dit Pé-Ya. Apportez-moi deux barres d'or, dit-il au domestique, sans les envelopper.

Et les offrant à deux mains à Tse-Tchi.

— Sage frère, dit-il, ce mince cadeau est seulement pour acheter quelques sucreries à vos nobles parents. Nous sommes unis comme la chair et les os, vous ne dédaignerez pas un si faible cadeau.

Tse-Tchi n'osa pas refuser et reçut le présent en faisant un double salut d'adieu; il retint ses larmes et sortit du salon. Il ramassa ses habits de pluie et les suspendit à sa pique qu'il posa sur son épaule. Il franchit le pont volant; Pé-Ya l'accompagna jusqu'au bord du navire et ils se séparèrent en pleurant.

Le tambour résonna et les matelots levèrent l'ancre.

Pé-Ya en s'en retournant ne prit plus garde aux beaux sites, il n'eut pas un regard d'admiration pour les fleuves ni les montagnes. Son cœur serré n'était empli que du souvenir de l'ami qu'il avait quitté.

Après quelques jours, il abandonna le bateau et continua son chemin par la voie de terre. En tous lieux on le recevait avec de grands égards et on lui préparait tout ce qui était utile au bien-être de son voyage, et il entra bientôt dans la capitale.

La fuite du temps est rapide. L'automne s'acheva:

l'hiver vint; le printemps reparut, puis l'été. Pas un seul jour Pé-Ya n'oublia son ami; quand la fête de la mi-automne approcha, il demanda congé à son roi pour retourner dans son pays natal et, l'ayant obtenu, il prépara ses bagages et se mit en route.

Il fit encore le grand tour par la route des fleuves. Quand il se jugea assez proche de son but, il donna l'ordre à ses matelots de s'arrêter à chaque baie et de demander le nom très exact du lieu où on se trouvait.

Au huitième mois, le soir du quinzième jour, les matelots annoncèrent que l'on apercevait la montagne de Ma-hine. Pé-Ya reconnut la contrée qu'il avait déjà vue l'automne dernier et s'écria :

— Arrêtons-nous ici!...

On jeta l'ancre et on enfonça un pilotis pour attacher le navire.

Il faisait beau. Le clair de lune traversait le store rouge de l'habitacle, le perçant de fils lumineux. Pé-Ya donna l'ordre de le relever; puis il s'avança sur le pont et se tint debout à l'avant. Il contempla le Boisseau du Nord (La Grande Ourse), il plongea ses regards dans l'eau, puis les releva vers le ciel : dans l'immensité tout est clair comme en plein jour. Il songe à la belle soirée de l'an dernier, alors qu'il a rencontré son ami.

La nuit d'à présent est toute pareille et c'est à cette place même qu'il lui a promis de l'attendre. Mais au bord du fleuve il n'y a pas une seule ombre et nulle trace de pas... Est-ce que l'ami ne serait pas fidèle ?...

Pé-Ya attendit encore quelques instants.

« Il passe beaucoup de bateaux par ici, pensa-t-il, et celui que je monte n'est pas le même que l'autre fois; comment mon frère si occupé trouverait-il le temps de chercher quel est le mien? L'an dernier j'ai joué le kin, et ce fut comme si je l'appelais. J'ai apporté Précieux-Jade, si mon frère l'entend il saura bien me reconnaître. » Ayant ordonné au serviteur d'apporter la table du kin et d'allumer les parfums, il ouvrit l'étui de soie et commença à accorder l'instrument. Dès qu'il effleura les cordes, celle appelée San résonna lugubrement.

Pé-Ya s'arrêta tout ému...

— Pourquoi cette corde rend-elle un son si triste? s'écria-t-il; sans doute mon frère est dans le deuil. Il me parlait l'an passé de son père et de sa mère qui sont âgés; si son père n'est pas mort, c'est sa vieille mère qui l'a quitté. Sa piété filiale juge quelles sont les affaires pressées et celles qui peuvent attendre. Il vaut mille fois mieux manquer à sa parole envers moi que de manquer à ses parents. Demain matin je monterai pour le chercher.

Il fit emporter le kin et descendit pour se coucher. Mais la nuit ne lui apporta aucun repos, le sommeil ne lui ferma pas les yeux un seul instant et il attendit avec impatience la venue du jour. La clarté de la lune tamisée par les stores fit le tour de la cabine, puis disparut ; le soleil monta de l'horizon, derrière les hautes collines.

Pé-Ya se leva, fit rapidement sa toilette, revêtit des habits simples et se coiffa d'un chapeau sans ornement. Il dit au jeune serviteur de se munir de vingt livres d'or et de le suivre en emportant le kin.

— Si mon frère a eu un deuil, pensa-t-il, je lui ferai ce cadeau de condoléance.

Pé-Ya se hâta de débarquer et de gravir le sentier Il marchait les regards fixés sur la Montagne de Ma-Hine.

Après avoir parcouru presque dix *lis*, il arriva au confluent de plusieurs chemins, et il s'arrêta indécis.

— Pourquoi monseigneur n'avance-t il plus? demanda le jeune garçon.

— Ici les routes vont dans toutes les directions. Laquelle prendre pour atteindre le village que je cherche? J'attends qu'il passe quelqu'un qui pourra me renseigner.

Il s'assit sur une grande pierre à l'angle des routes, et le serviteur resta debout près de lui.

Bientôt un vieillard parut, venant du chemin de gauche. Il avait une longue barbe qui faisait penser à des fils de jade et de longs cheveux, qui semblaient des fils d'argent sous son chapeau en feuilles de bambou. Son costume était celui des paysans. De la main gauche il s'appuyait à une pique de jonc et portait de la droite un panier de bambou. Il s'avançait à petits pas.

Pé-Ya se leva, rajusta ses vêtements et alla au-devant du vieillard pour le saluer. Celui-ci posa lentement son panier à terre, et, élevant ses mains jointes, rendit le salut.

— Monseigneur, dit-il, que désirez-vous m'enseigner ?

— Je veux vous demander laquelle de ces deux routes conduit au village de Tsé-Lien ?

— Ces deux chemins-là conduisent aux deux villages de Tsé-Lien. A gauche, c'est le haut Tsé-Lien ; à droite, c'est le bas Tsé-Lien. Ces deux routes ont chacune quinze *lis* de longueur. Mais je ne sais pas auquel des villages vous désirez aller ?

Pé-Ya se tut, ne sachant que répondre. Il se disait :

— Comment mon frère, si intelligent, m'a-t-il renseigné d'une façon aussi vague ?

— Qu'est-ce qui préoccupe monseigneur ? demanda le vieillard ; sans doute qu'on ne lui a pas donné des indications précises ?...

— Oui, c'est cela, dit Pé-Ya.

— Il n'y a pas plus de huit ou dix maisons dans chacun de ces villages. — Quelques philosophes se cachent dans cette retraite paisible — Moi, vieillard, j'habite depuis longtemps la montagne, il n'est personne que je ne connaisse : les habitants, qui ne sont pas mes parents, sont mes amis. Je crois que monseigneur peut me dire chez qui il veut aller et le nom de celui qu'il veut voir ; je saurai certainement vous indiquer la demeure.

— Votre élève désire se rendre à la maison Tson, dit Pé-Ya.

— Quoi, c'est à cette maison que vous voulez aller? s'écria le vieillard; et qui donc y cherchez-vous?

— Je voudrais voir Tsé-Tchi, répondit Pé-Ya.

En entendant cela, les yeux troubles du vieillard s'emplirent de larmes, et ces larmes coulèrent, et en sanglotant il répondit :

— Tsé-Tchi-Tson était mon fils!... L'année dernière, le quinzième jour du huitième mois, il revenait, assez tard, de son travail de bûcheron, lorsqu'il rencontra un ministre du royaume de Tsin, le seigneur Yu-Pé-Ya. Ils causèrent ensemble et se trouvèrent d'accord sur toutes choses, si bien qu'avant de le quitter, le seigneur donna à mon fils deux tablettes d'or. Tsé-Tchi acheta des livres pour étudier, et moi, pauvre vieux sans intelligence, je n'eus pas la pensée de l'arrêter : chaque matin il portait de lourdes charges, chaque soir il étudiait assidûment. Par tant d'efforts il usa son cœur ; il devint faible et malade... depuis quelques mois déjà, il est mort!...

Pé-Ya fut comme foudroyé par cette nouvelle; des larmes jaillirent de ses yeux, il poussa des cris de désespoir et tomba évanoui au pied des monts.

Le vieillard, très effrayé, les yeux gonflés de larmes, le releva.

— Quel est donc ce seigneur? demanda-t-il au jeune serviteur.

Celui-ci se pencha tout près de son oreille, et lui dit :

— C'est monseigneur Yu-Pé-Ya.

— Oh! c'est le si cher ami de mon fils!...

Yu-Pé-Ya revint à lui, avec des hoquets et des suffocations de douleur. Il se battait la poitrine et exhalait par des sanglots sa profonde désolation.

— O sage frère! s'écria-t-il, lorsque hier au soir mon bateau jeta l'ancre, je pensais que vous manquiez à votre parole. Je ne me doutais pas que vous étiez déjà une ombre, errant au bord des sources souterraines. Vous aviez de rares talents, mais vous n'avez pas eu longue vie.

Le vieillard secoua ses larmes et essaya de consoler l'ami de son fils.

Pé-Ya se leva et salua le vieux Tson.

— O! mon oncle! dit-il, le cercueil de votre fils est-il encore dans la maison ou enterré déjà dans la campagne?

— Je ne peux répondre en un seul mot, dit Tson. A ses derniers moments, tandis que ma femme et moi nous étions près de son lit, mon fils me dit :

« Le ciel seul décide si la vie sera longue ou courte. Il ne me permet pas, à moi, d'accomplir mes devoirs envers mes parents comme il le faudrait. Quand je serai mort, je vous prie de m'enterrer au bord du fleuve au pied du mont Ma-Hine, car j'ai promis à mon ami de revenir à cette place. Je ne veux pas manquer au rendez-vous. »

Je n'ai pas oublié les paroles de mon fils : au bout de cette petite route, par laquelle monseigneur est venu, il y a un monceau de terre fraîchement remuée : c'est là le tombeau de mon fils. Aujourd'hui il y a juste cent jours que Tsé-Tchi est mort. Pour cet anniversaire, j'apportais un paquet de papiers dorés afin de les brûler sur sa tombe. Je ne pensais guère rencontrer votre Seigneurie.

— Je veux vous suivre jusqu'au tombeau, dit Pé-Ya.

Et il ordonna à son domestique de porter le panier du vieillard.

S'appuyant sur son bâton, il marcha devant, et Pé-Ya, avec son serviteur, le suivit. Ils redescendirent vers l'entrée de la vallée, et bientôt aperçurent, à gauche du chemin, une éminence de terre fraîchement amassée. Pé-Ya s'arrêta et fit un salut solennel.

— Sage frère, de votre vivant, vous étiez un homme supérieur, maintenant que vous avez quitté la terre, vous méritez d'être divinisé. Votre frère ignorant vous salue cette fois pour vous dire un adieu éternel...

Mais il n'en put dire davantage; il éclata en sanglots et poussa des clameurs si douloureuses, que de tous les points de la montagne, les paysans, les passants, les voyageurs, tout émus en les entendant, accoururent vers le tombeau. Quand ils apprirent que c'était un grand personnage qui sacrifiait sur une tombe, ils s'approchèrent à l'envi pour assister à ce spectacle.

Pé-Ya, ne jugeant pas qu'il avait assez honoré son ami, dit à son serviteur d'apporter sa Lyre, de la poser sur une table de marbre qu'il placerait devant le tombeau, et Pé-Ya s'assit les jambes croisées en face de l'instrument. Alors il écarta les deux ruisseaux de ses larmes, et fit résonner les cordes.

A peine eurent-ils entendu les sons vibrants du kin, les vulgaires assistants, très surpris, s'agitèrent, tapèrent dans leurs mains, et bientôt se dispersèrent en riant.

— Mon digne oncle, dit Pé-Ya au vieillard, pourquoi, en entendant le petit ministre jouer du kin pour consoler les mânes de votre fils, mon sage frère, tandis qu'il était plongé dans la plus profonde douleur, tous ces gens se sont-ils pris à rire?

Le vieux Tson répondit :

— Les paysans ne savent rien de la musique, les sons de votre Lyre leur ont paru devoir exprimer la joie, et c'est pourquoi ils ont ri.

— Ah! je comprends, dit Pé-Ya. Et vous-même, mon digne oncle, comprenez-vous le sens du morceau que j'ai joué?

— Quand j'étais jeune, je me suis exercé à la musique, mais vieux comme je le suis, mes sens sont affaiblis, et je ne sais plus rien distinguer.

— Eh bien, voici, dit Pé-Ya. J'ai suivi les impulsions de mon cœur, et j'ai improvisé cette courte

élégie pour honorer l'âme de mon ami et le consoler
dans sa tombe. Je vais la redire au noble père : qu'il
prête l'oreille.

— Je serai bien heureux de l'entendre, dit le vieillard.

Et Pé-Ya récita le chant suivant :

« Je me souviens du dernier automne où je vous
« rencontrai au bord du fleuve.

« Aujourd'hui, je venais vous rejoindre, mais je
« n'ai pas aperçu celui dont l'âme est si sensible à
« l'harmonie du son.

« Je n'ai vu qu'un tertre nouvellement formé.

« Hélas ! cette vue brisa mon cœur ! brisa mon
« cœur ! brisa mon cœur ! oh ! brisa mon cœur !...

« Je ne peux pas retenir mes larmes, qui roulent
« en perles.

« En arrivant, combien j'étais joyeux ! Quelle dou-
« leur en m'en retournant !

« De sombres nuages courent au dessus du fleuve.

« Tse-Tchi ! Tse-Tchi ! notre amitié valait plus que
« mille lingots d'or.

« J'aurai beau courir jusqu'aux limites de l'ho-
« rizon, je ne trouverai personne capable de com-
« prendre l'affection qui nous liait.

« Après ce chant, je ne chanterai plus.

« O ! Tse-Tchi ! Mon précieux kin, long de trois
« pieds, il est mort à cause de vous. »

Alors Pé-Ya arracha un poignard de sa ceinture, coupa les cordes de la Lyre, souleva des deux mains l'instrument sonore au dessus de la table des offrandes, et le jeta avec violence. Les chevilles de jade sautèrent, les douze chevalets d'or s'éparpillèrent, et la caisse fut mise en pièces.

Le vieillard stupéfait demanda en tremblant pourquoi il agissait ainsi. Pé-Ya répondit par ces vers :

« Je brise la lyre, déjà les plumes du phénix sont
« refroidies.

« Tse-Tchi n'existe plus, pour qui donc jouerais-je ?

« Certes, je peux rencontrer beaucoup de compa-
« gnons aimables et caressants comme le vent prin-
« tanier.

« Mais l'ami qui s'accorde à mon cœur, il serait
« trop malaisé de le retrouver. »

— Hélas ! c'est trop vrai ! s'écria le vieillard.

Pé-Ya lui demande s'il habitait dans le haut ou dans le bas du village de Tsé-Lien.

— J'habite le haut Tsé-Lien, la huitième maison ; mais pourquoi me demander cela ?

— J'ai trop de tristesse dans le cœur pour pouvoir retourner maintenant avec vous jusqu'à votre demeure. Mais j'ai ici vingt livres d'or : la moitié remplacera le travailleur qui vous procurait quelques friandises ; la seconde moitié servira à acheter quelques champs de sacrifice dont les revenus seront employés, au printemps et à l'automne à l'entretien du tombeau de votre fils. De retour dans mon royaume, je demanderai ma retraite pour me retirer dans la solitude. Alors, je reviendrai dans ce village pour chercher mes vénérables parents, et les emmener dans ma demeure pour finir tranquillement vos jours. Car je suis Tse-Ky, et Tse-Ky c'est moi. J'espère que vous ne me considérerez pas comme le commun des hommes. En achevant ces paroles, Pé-Ya offrit au vieillard les vingt livres d'or. Puis, se prosternant, il versa encore des larmes, et le vieillard lui rendit son salut en pleurant. Puis, après s'être fait de longs adieux, ils se séparèrent.

Telle est l'histoire du noble Yu-Pé-Ya jetant sa Lyre.

Plus tard, on écrivit ces vers à sa louange :

« Celui qui s'attache par intérêt à un ami riche et puissant n'est pas un ami.

« Qui se souvient d'un exemple comparable à celui de l'amitié de Pé-Ya et de Tse-Tchi, dont les cœurs s'accordaient si bien ?

« Pé-Ya ne peut pas renaître, et Tse-Tchi n'existe plus ; et cependant la renommée, de siècle en siècle, nous redit l'histoire de la Lyre brisée. »

LA BATELIÈRE DU FLEUVE BLEU

Clair de lune sur le fleuve (p. 177).

LA BATELIÈRE DU FLEUVE BLEU

I

Dans ce temps, Nankin était encore la capitale de la Chine, la dynastie des Mings florissait. C'était pendant le règne de l'empereur Hoaï-Tsong.

La ville, qui avait sept lieues de tour, était enfermée dans de formidables remparts, si larges qu'il faisait toujours nuit noire sous les triples portes voûtées, qui les perçaient de loin en loin. Ces portes étaient surmontées de châteaux-forts et de hautes tours dont les toitures aux bords relevés disparaissaient sous le frissonnement multicolore de banderolles et de drapeaux.

Sur les murailles veillaient des sentinelles; près des portes, des soldats fièrement campés, appuyés sur leurs lances, questionnaient les arrivants.

L'enceinte de la ville contenait des montagnes, des
lacs, des rivières; les rues, larges et droites, bordées
de palais superbes, étaient traversées de portes
triomphales aux toits sculptés et retroussés. Au loin,
on apercevait la haute tour de Li-cou-li, la merveille
des merveilles. Cette tour, construite il y a deux
mille sept cents ans par les ordres du roi A-You,
n'avait d'abord que trois étages: douze cents ans
après sa fondation, l'empereur Kien-Ouan la répara
et fit sceller dans les murs les reliques de Fo. Les
Mongols la brûlèrent mille ans après, mais Yong-Lo
la rebâtit, la dédia à l'impératrice-mère et l'appela la
tour de la Reconnaissance : *Li-cou-li*. Elle s'élevait
très haut, ayant neuf galeries superposées ; ses
murs, revêtus de porcelaine jaune, rouge et blanche, brillaient comme les ailes d'un faisan; les
neuf toits, pavés de tuiles vertes, ressemblaient à
des émeraudes, et le vent faisait une charmante
musique en agitant les mille clochettes suspendues
à chaque étage ; sur les terrasses s'élevaient les
grandes statues des dieux et des génies, et au
sommet de la tour une sphère d'or scintillait comme
un soleil.

Des jardins ombreux environnaient, à cette époque,
la tour de Li-cou-li, cachant de paisibles habitations
aux toits très larges, construites en bois de cèdre.
Des palissades de bambou, percées de portes treilla-
gées ne fermant qu'au loquet, entouraient ces frais
jardins; près de chaque porte étaient assis, sur un

pilier de pierre, deux chiens chimériques ou deux
dragons de bronze ou de bois vermoulu.

Un soir de la quatrième année de l'empereur
Hoaï-Tsong, un peu avant le coucher du soleil, un
jeune homme souleva le loquet d'une porte et sortit
de l'un de ces jardins. Il vit la place déserte et marcha
rapidement, suivant de près la palissade, sans prendre
garde aux branches pendantes qui lui frôlaient le
visage.

Ce jeune homme était de haute taille, bien fait de
corps, beau de visage ; ses yeux noirs, très longs,
relevés vers les tempes, étaient pleins de fierté ; ses
sourcils étaient fins et unis comme du velours ; sa
bouche ressemblait à une fleur. Il était vêtu d'une
robe de satin noir ramagée de fils d'or et serrée à la
taille par une ceinture de soie bleue ; sa calotte aussi
était bleue.

Il atteignit un autre enclos et s'arrêta.

On n'entendait aucun bruit, si ce n'est celui des
oiseaux se chamaillant dans les arbres. Le couchant
empourprait déjà le ciel. Le faîte de la tour Li-cou-li
resplendissait.

Le jeune homme essaya de voir dans le jardin à
travers les branches ; mais les feuillages formant un
rideau épais, il ne vit rien. Alors il frappa ses mains
l'une contre l'autre, faiblement d'abord, puis plus fort.

A ce signal, le taillis frissonna, et une jeune fille se
montra, ne laissant voir que sa jolie tête, qui faisait
une trouée dans le feuillage.

— C'est toi, Li-Tso-Pé? dit-elle avec un sourire affectueux.

— Lon-Foo, dit Li-Tso-Pé rapidement, va près du tombeau de tes ancêtres, je t'y rejoindrai; prends par la rue des Lions-de-Fer; je prendrai un autre chemin.

— J'y cours! dit Lon-Foo effrayée par l'air de tristesse empreint sur le visage de Li-Tso-Pé.

Le jeune homme s'éloigna d'un pas rapide et gagna le cimetière. Il y arriva bien avant la jeune fille et s'assit sur une tombe, au pied d'un cavalier de pierre.

De toutes parts, sur les tombes, on voyait des cavaliers semblables à celui auprès duquel Li-Tso-Pé s'était arrêté. Les quatre pieds des chevaux étaient fixés en terre et disparaissaient à demi sous les hautes herbes. Les guerriers étaient représentés en habits de combat, brandissant leurs lances. On voyait aussi de grandes avenues bordées de dromadaires, d'éléphants ou de lions de pierre se faisant vis-à-vis. Toutes ces statues se détachaient en noir sur le ciel rose et bleu pâle, et de grandes ombres obliques s'étendaient sur le sol.

Bientôt une forme svelte et gracieuse se glissa à travers la forêt formée par les jambes, massives ou grêles, des animaux de pierre; elle atteignit la tombe près de laquelle s'était assis Li-Tso-Pé et s'assit à côté de lui.

— Me voici, dit-elle; l'angoisse serre mon cœur, car j'ai vu que ton visage est triste.

— Écoute, Lon-Foo, dit-il, mon beau-père veut me marier avec la fille d'un grand magistrat.

— Est-ce possible? s'écria Lon-Foo, ignore-t-il donc que ton père et le mien ont décidé que nous nous marierions ensemble? Ta mère a-t-elle oublié son premier époux au point de ne plus se souvenir de cette solennelle promesse?

— Depuis qu'elle s'est remariée, ma mère est soumise à son nouveau maître; elle a essayé cependant de plaider notre cause, mais mon beau-père ne veut rien entendre.

— Peut-il nous contraindre à commettre un crime contre la piété filiale? Plutôt que de désobéir à mon père mort, je me tuerais à l'instant sur sa tombe.

— Certes, mieux vaut mourir que de manquer à ses devoirs; mais rien n'est encore désespéré. Écoute, j'ai conçu un projet : je vais m'enfuir ce soir même de ce pays; je resterai éloigné, sans donner de mes nouvelles, jusqu'au jour où celle qu'on me destine sera à un autre époux.

Lon-Foo ne répondit rien, mais se mit à pleurer.

— Hélas! dit Li-Tso-Pé, cette séparation est un malheur, mais elle nous sauve d'un malheur plus grand. Il faut tâcher de raffermir notre cœur... Je vais donc te quitter, Lon-Foo.

— J'avais l'habitude de te voir. Comment pourrai-je supporter ton absence?

— Aimes-tu mieux que je sois l'époux d'une autre femme, Lon-Foo?

— Qui sait si celui qui part reviendra jamais? dit Lon-Foo en sanglotant; qui sait si lorsqu'il reviendra celle qui reste sera là encore?

— Que veux-tu que je fasse? dit Li-Tso-Pé, gagné par les larmes; parle. Je resterai si tu l'ordonnes.

— Non, non, pars, dit Lon-Foo. Va, je serai forte, et quoi qu'il arrive, je te le jure sur les mânes de mon père ici couché, rien ne pourra me faire changer.

— Au revoir donc, dit Li-Tso-Pé; le jour va disparaître, il faut rentrer. Les deux amis se serrèrent la main et se séparèrent tristement.

Lorsque la jeune fille repassa à travers le cimetière, un homme qui priait sur un tombeau magnifique la vit et sembla s'intéresser à elle. Il remarqua ses larmes et crut qu'elle pleurait un parent mort depuis peu. Arrivé hors du cimetière, cet homme fit signe de s'éloigner à une escorte qui l'attendait. Il n'avait pas perdu de vue la jeune fille qui, absorbée dans sa douleur, ne regardait rien. Il la suivit, et lorsqu'elle fut rentrée chez elle, l'homme écrivit sur ses tablettes : Place de la tour de Li-cou-li, la maison des dragons bleus.

II

Lon-Foo était orpheline. Sa mère était morte en la mettant au monde; son père avait perdu la vie dans un combat glorieux. La jeune fille vivait seule avec sa vieille grand'mère et quelques serviteurs. Leur fortune était modeste, mais plus que suffisante pour leurs besoins. Lon-Foo avait dix-sept ans. Élevée par cette grand'mère pleine d'indulgence, elle jouissait d'une liberté plus grande que celle accordée d'ordinaire aux jeunes filles chinoises ; elle brodait peu, préférant la lecture, ou les jeux en plein air ; l'appartement intérieur où les femmes ont coutume de se tenir l'étouffait, et surtout depuis le jour où elle avait aperçu Li-Tso-Pé, elle passait son temps au jardin.

La nuit du départ de son fiancé, Lon-Foo ne dormit pas et pleura sans cesse. Aussi, le lendemain matin, lorsqu'elle se regarda dans son miroir d'acier poli, semblable au disque de la lune, elle vit qu'elle avait les yeux rouges et gonflés ; pour ne pas inquiéter sa grand'mère, elle voulut faire disparaître ces traces de larmes, et trempa à plusieurs reprises son joli visage dans l'eau fraîche.

Tandis qu'elle était ainsi occupée, un coup frappé sur le gong de la porte d'entrée la fit tressaillir.

— Qui donc vient de si grand matin ? dit-elle.

Et elle descendit précipitamment de sa chambre au rez-de-chaussée. Sa grand'mère était déjà sous l'auvent de la maison, et deux serviteurs couraient vers la porte du jardin ; mais lorsqu'ils l'eurent ouverte ils ne virent personne. Seulement, un coffre de laque était posé à terre ; les serviteurs le ramassèrent et l'apportèrent à leur maîtresse.

— Qu'est-ce que cela?. s'écria la grand'mère en levant les bras au ciel; qui dit que ce coffret est pour nous?

— Il y a une lettre sous le cordon de soie qui ferme le coffre, dit un serviteur.

Lon-Foo prit la lettre, écrite sur du papier rouge, et la déplia.

« A la belle Lon-Foo, quelqu'un de puissant offre ces objets sans valeur, » lut-elle à haute voix.

— Dieu Fo!.fit là grand'mère, quelqu'un de puissant! comment peut-il te connaître?

— Je ne sais, dit la jeune fille; c'est sans doute une plaisanterie, et le coffre est rempli de pierres.

— Voyons! dit la vieille en ôtant le couvercle.

Les deux femmes poussèrent en même temps un cri de stupeur : un merveilleux collier de perles de Tartarie était roulé en plusieurs cercles au fond de la boîte, comme un serpent au repos; les perles étaient grosses comme des pois, toutes semblables et d'une pureté sans pareille. Certainement, il eût été impossible de trouver un collier comparable à celui-là dans tout l'empire. Le coffret contenait encore des épingles de tête garnies de rubis et une parure complète : bracelets, agrafes, étuis pour préserver les ongles, en jade vert travaillé à jour avec une perfection exquise.

— Que tout cela est beau! s'écriait la vieille femme en frappant ses mains l'une contre l'autre. Depuis que j'existe je n'ai jamais rien vu d'aussi magnifique!

— D'où cela peut-il venir? se disait Lon-Foo,
vaguement effrayée; ce n'est certainement pas Li-
Tso-Pé qui m'envoie ce collier qu'une reine seule
pourrait porter.

La journée se passa en conjectures. Lon-Foo finit
par s'imaginer que des voleurs poursuivis avaient
déposé le coffre devant la porte pour détourner les
soupçons. Elle commença donc, avec l'aide de sa
grand'mère, à composer une lettre où elle expliquait
aux magistrats de la ville ce qui s'était passé. L'écrit
n'était pas encore terminé que le gong retentit de
nouveau, frappé avec violence, et en même temps
une foule de pages, d'écuyers, de porteurs de lanternes, envahirent le jardin et se rangèrent en haie
de chaque côté de l'allée.

Les deux femmes, stupéfaites, s'étaient avancées
sous l'auvent de la maison. Elles virent venir un
mandarin de premier rang en grand costume de cour,
suivi de deux hommes, l'un portant le parasol d'honneur, l'autre un sceau de cristal sur un coussin de
soie.

Le mandarin alla droit à la jeune fille et plia le
genou devant elle.

— C'est bien toi que l'on nomme Lon-Foo? demanda-t-il humblement.

— Oui... balbutia Lon-Foo toute tremblante.

— Eh bien, jeune fille plus heureuse que toutes
les femmes du royaume, beauté privilégiée à laquelle
je ne puis parler qu'à genoux, sache que celui dont

tu as reçu ce matin les présents, celui qui m'envoie vers toi, est l'homme devant qui tout ploie et tremble, le maître de notre vie à tous, l'empereur de la Chine!

— L'empereur! s'écria la grand'mère en s'affaissant sur une chaise.

— Oui, le Fils-du-Ciel lui-même! dit le mandarin; il a vu Lon-Foo revenant du cimetière et lui fait savoir qu'il veut la prendre pour femme, et que demain un cortège magnifique viendra la chercher pour la conduire en grande pompe au palais impérial. J'espère, ajouta le haut fonctionnaire, que lorsqu'elle sera l'épouse favorite de notre maître, la belle Lon-Foo n'oubliera pas le messager qui lui a porté le premier la bonne nouvelle.

Et, après de nouvelles salutations, le mandarin s'éloigna sans que Lon-Foo, atterrée, eût prononcé une parole.

L'ahurissement joyeux de la grand'mère était si profond qu'elle ne remarqua pas la tristesse et l'épouvante de Lon-Foo. Elle envoya quérir toutes ses connaissances pour leur apprendre la merveilleuse nouvelle, et bientôt la maison fut pleine de monde. Lon-Foo se laissa complimenter sans paraître apercevoir ceux qui s'empressaient autour d'elle; elle ne parlait pas et ne regardait pas. On crut que sa nouvelle position la rendait déjà fière et méprisante.

Lorsque, la nuit venue, Lon-Foo se fut retirée dans sa chambre, elle se laissa tomber sur une

chaise et demeura longtemps immobile, le regard
fixé sur le plancher. Tout à coup, elle se leva et
sortit de la stupeur qui l'engourdissait.

— C'est à l'instant même qu'il faut agir, dit-elle.
Je suis libre encore ; demain, dans ce palais, je serai
prisonnière.

Elle entr'ouvrit la porte de la chambre dans laquelle couchait la grand'mère et écouta. Elle entendit une respiration forte et régulière : l'aïeule
dormait. Elle s'avança sur le palier et écouta encore.
Un silence profond régnait dans la maison. Les domestiques dormaient aussi,

Alors Lon-Foo rentra dans sa chambre, ouvrit
quelques coffrets, prit ses économies de jeune fille,
une toute petite somme, puis un paquet de fleurs
fanées et de lettres, et jeta sur ses épaules une robe
de couleur sombre. Elle éteignit la lumière et
descendit l'escalier avec précaution. La porte de la
maison était fermée intérieurement par une barre
de fer que la jeune fille ne put déplacer ; mais elle
ouvrit une fenêtre et sauta dans le jardin. La palissade de bambou ne fermait qu'au loquet. Lon-Foo
ouvrit et referma la porte ; puis, à demi cachée par
un des dragons recouverts d'émail bleu foncé qui
flanquaient l'entrée, elle regarda une dernière fois
la petite maison et le jardin.

— Ah ! mon cher Li-Tso-Pé, dit-elle en versant
des larmes, je ne reverrai peut-être jamais ce coin
de terre où j'ai été si heureuse, mais c'est le ciel qui

nous a protégés, en ordonnant ton départ! Quels
dangers s'amasseraient aujourd'hui sur la tête du
rival de l'empereur!

III

Lon-Foo traversa avec assurance la place de Li-
cou-li et s'enfonça dans une rue. Il faisait une nuit
profonde; le ciel était couvert; aucune lumière ne
brillait à aucune fenêtre. La jeune fille ne savait où
elle allait; elle marchait rapidement, tâtant le mur
de la main, trébuchant quelquefois, mais ne s'arrêtant jamais; elle s'engagea bientôt dans un enche-
vêtrement de ruelles étroites qui ne dormaient pas
encore; on entendait des bruits de voix, des rires;
des filets de lumière filtraient sous les portes, les
papiers huilés des fenêtres s'éclairaient vaguement.
Lon-Foo, un peu effrayée, avançait avec hésitation.
Cependant, elle se hasarda à regarder par une
fissure à l'intérieur d'une de ces maisons sourde-
ment bruyantes : elle aperçut des hommes ivres atta-
blés. La jeune fille fit un bond en arrière, et s'enfuit
plus vite. Tout à coup, au tournant d'une rue, elle
vit briller les lanternes d'une ronde de police.

— Hélas! s'écria-t-elle, prise par ces soldats que
deviendrai-je, et comment expliquer ma présence
dehors après la deuxième veille sonnée?

Elle s'était adossée à une maisonnette obscure et

crut entendre à l'intérieur une voix nasillarde qui
semblait compter de l'argent. Lon-Foo heurta ré-
solûment à la porte, préférant tomber parmi une
bande de voleurs qu'entre les mains des hommes
de la police qui l'eussent ramenée chez elle.

On ouvrit : la jeune fille entra précipitamment et
referma la porte.

— Que viens-tu faire? s'écria une vieille femme
assise sur un monceau de loques et de débris in-
formes; les femmes de mauvaise vie n'entrent pas
chez nous. Je te disais bien de ne pas ouvrir, continua-t-elle en s'adressant à un homme âgé dont la
figure hâlée et ratatinée ressemblait à une vieille
pomme cuite et qui regardait Lon-Foo d'un air
ahuri.

— J'ouvre quand on heurte, dit-il.

— Rassurez-vous, dit Lon-Foo, je suis de bonne
famille; j'ai quitté la maison paternelle pour fuir les
mauvais traitements d'une belle-mère. Si j'ai frappé
à votre porte, c'était pour éviter la ronde de police.

— Eh bien, attends qu'elle soit passée, dit la
vieille avec l'indifférence de quelqu'un trop chargé de
soucis pour prendre intérêt aux malheurs des autres.

— Attends qu'elle soit passée, répéta le vieillard.
Puis tous deux se remirent à compter des pièces
de cuivre, qu'ils remuaient à terre du bout des
ongles, et ils ne firent plus la moindre attention à
Lon-Foo.

La jeune fille regarda autour d'elle. Une lanterne

ronde, en papier, aux trois quarts déchirée, posée à terre entre les deux vieillards, éclairait bizarrement la seule pièce dont se composait l'habitation. La terre formait le plancher, les tuiles de la toiture servaient de plafond. Il n'y avait pas de meubles, mais d'étranges monceaux de chiffons et de débris de toute sorte semblant servir de sièges et de tables ; sur l'un d'eux étaient posés quelques bols de porcelaine ébréchés. En levant les yeux vers la muraille, Lon-Foo ne put retenir un cri d'effroi, car elle crut voir une rangée de pendus que la lueur de la lanterne faisait trembloter et sautiller. Elle voyait distinctement les pieds de quelques-uns chaussés de vieilles bottes de satin râpé, d'autres avaient la tête couverte de chapeaux rabattus jusqu'au menton. En regardant mieux, la jeune fille s'aperçut qu'il n'y avait pas de jambes dans ces bottes, ni de têtes sous ces chapeaux, et que les pendus étaient tout simplement de vieux costumes fanés, déteints et rapiécés, mais très soigneusement disposés le long de la muraille. Lon-Foo sourit de sa surprise. Une enseigne dédorée, qu'on accrochait pendant le jour à la porte de la maison, lui apprit d'ailleurs que ses hôtes étaient marchands de vieux habits ; elle reporta les yeux sur les habitants de cette misérable demeure.

Ils remuaient toujours les pièces de cuivre.

— Tu auras beau les compter mille fois, dit enfin la femme, la somme n'augmentera pas.

— Il manque toujours le quart d'un liang, dit l'homme.

— Oui, et demain le propriétaire de cette maison nous mettra dehors et prendra nos marchandises.

— Il nous mettra dehors! répéta l'homme d'un air consterné.

— Je vais compléter la somme, dit alors Lon-Foo en tirant une pièce d'argent de sa ceinture, à la condition que vous me laisserez passer la nuit ici et que vous échangerez contre mes vêtements de soie un costume de fille du peuple.

Les deux époux levèrent la tête vers Lon-Foo, dont ils avaient oublié la présence; un sourire contracta la face jaune du vieillard, la femme secoua la tête.

— Tu te moques de nous, dit-elle.

— Nullement, dit Lon-Foo en jetant la pièce d'argent parmi les pièces de cuivre ; as-tu le costume qu'il me faut ?

— Tu es une bonne jeune fille, dit la vieille en se levant vivement, c'est le ciel qui t'a envoyée vers nous.

Elle alla décrocher plusieurs costumes et les montra à Lon-Foo; celle-ci en choisit un à peu près propre, composé d'un large pantalon d'étoffe brune, d'une tunique de cotonnade bleue et d'un vaste chapeau de paille qui pouvait facilement dérober son visage; puis la vieille éparpilla un paquet de chif-

fons dans un coin de la chambre et les recouvrit
d'un lambeau de natte.

— Voici tout ce que je puis t'offrir pour te reposer,
dit-elle à Lon-Foo.

La jeune fille s'étendit sur cette couchette rustique.

Bientôt la lumière fut éteinte, et l'on n'entendit
plus dans l'obscurité que les ronflements sonores des
deux vieillards.

Lon-Foo ne dormit pas. Dès la première lueur du
matin, elle se leva, ôta ses vêtements de soie et
endossa le costume de fille du peuple: puis, sans
bruit, elle sortit de la maison.

Le faubourg était désert encore; quelques chiens
hâves, furetant dans les ruisseaux, peuplaient seuls
les ruelles misérables. La jeune fille se hâta de
quitter ce quartier sordide et gagna une large avenue
qui descendait vers le fleuve. Bientôt *le Fils aîné de
l'Océan* roula devant elle ses ondes d'azur.

Le ciel matinal jetait des reflets argentés sur le
fleuve; une brise presque insensible faisait courir
un frisson à la surface de l'eau et déformait le
mirage d'un pagode située sur la rive. Dans les
joncs, des oiseaux aquatiques piaillaient et battaient
des ailes; des grues s'envolaient du faîte des arbres
en poussant de long cris, et à l'horizon les hautes
montagnes se profilaient vaguement parmi les brumes
lilas et roses de l'Orient.

Lon-Foo s'assit sur l'herbe, au bord du fleuve

Bleu, et songea, Qu'allait-elle devenir seule, si jeune, ne connaissant rien de la vie? Elle savait jouer au volant, cultiver des fleurs, élever des oiseaux rares, mais elle n'était apte à aucun travail manuel en rapport avec sa nouvelle condition.

Elle tira de sa manche sa petite bourse et la vida sur ses genoux. Quelques liangs d'or tintèrent gaiement. C'était quelque chose, mais bien peu s'il lui fallait vivre avec cette somme jusqu'à un changement de règne; elle compta plusieurs fois ses liangs et sourit en se souvenant de ses hôtes de la veille comptant et recomptant leurs pièces de cuivre.

A ce moment, Lon-Foo entendit marcher près d'elle. Un homme s'avança jusqu'au bord du fleuve et héla quelqu'un.

Un cri répondit à son appel et une barque glissant parmi les joncs vint aborder devant lui.

L'homme sauta dans la barque, qui s'éloigna du rivage et traversa le fleuve.

Lon-Foo la suivait des yeux. C'était une de ces embarcations que l'on nomme *chan-pan*, surmontée d'une petite cabine couverte d'une natte de bambou. Cabine qui sert de logis au batelier. Lon-Foo remarqua que celle qui dirigeait le bateau était une femme âgée.

— Elle est vêtue comme je le suis moi-même, se dit la jeune fille; je suis donc costumée en batelière. Voici, d'ailleurs, un métier qui me conviendrait beaucoup.

13

Après avoir déposé le passant sur l'autre rive, la barque revint près de Lon-Foo qui se leva et fit un signe à la batelière.

— Tu veux passer? dit la vieille femme.

— Non, dit Lon-Foo, je veux te demander un renseignement : où pourrait-on acheter un bateau semblable au tien?

— Tout neuf?

— Neuf ou vieux, cela importe peu.

— Si j'en trouvais un bon prix, je céderais bien le mien et je m'en irais vivre avec mes enfants, dit la batelière; je me fais vieille et l'humidité ne me vaut rien.

— Vraiment, tu me vendrais ton bateau! s'écria Lon-Foo joyeusement; quel prix en veux-tu?

— Trois liangs d'or, dit à tout hasard la vieille femme.

— Je vais te les donner.

La batelière ouvrit des yeux démesurés, et lorsqu'elle vit briller les liangs, elle les saisit vivement, sauta sur le rivage et, après plusieurs saluts, s'éloigna avec rapidité.

Elle craignait que la jeune acheteuse ne se ravisât; elle avait vendu son bateau à peu près le triple de ce qu'il valait.

— Tu trouveras dans la cabine quelques provisions et deux mesures de riz que je te laisse par dessus le marché! s'écria-t-elle de loin.

— Pourquoi s'enfuit-elle si vite? se dit Lon-Foo;

j'aurais bien voulu lui demander quelques rensei-
gnements sur la façon de diriger le bateau.

À ce moment, un paysan arriva au bord de l'eau et
sauta dans la barque.

— Allons, vite, dit-il, je suis pressé, passe-moi sur
l'autre rive.

Lon-Foo, assez embarrassée, descendit dans le
chan-pan avec de grandes précautions, puis elle
s'assit et prit les rames; mais elle s'en servit avec
tant d'inexpérience, que le bateau oscilla, fit mille
zigzags et avança fort peu.

— Perds-tu l'esprit? s'écria le paysan avec colère,
et veux-tu me faire chavirer?

— Je suis mal éveillée encore, dit Lon-Foo.

Elle atteignit cependant l'autre bord du fleuve, et
le paysan, après avoir violemment injurié la batelière, s'éloigna sans payer le prix du passage.

Lon-Foo, sous ces injures, eut envie de pleurer;
mais elle se remit bientôt.

— Bah! dit-elle, si cet homme savait que je suis
recherchée par l'empereur, il se traînerait à mes
pieds, le front dans la poussière.

Pendant tout le cours de la journée, la jeune batelière eut plus de peine encore à diriger son bateau
à travers les embarcations de toute sorte qui sillon-
naient le fleuve; bien des fois elle faillit chavirer;
mais le soir, elle savait aussi bien que personne conduire un chan-pan sur le fleuve Bleu.

Brisée de fatigue, elle dormit dans la rustique

cabine en nattes de bambou, d'un sommeil qu'elle n'avait jamais goûté dans sa jolie chambre de jeune fille.

IV

Pendant ce temps, l'empereur Hoaï-Tsong, irrité de rencontrer des obstacles à l'accomplissement de sa volonté, était entré dans une violente colère ; il avait maltraité ses ministres et menacé plusieurs d'entre eux de leur faire trancher la tête si Lon-Foo n'était pas retrouvée dans un temps déterminé. Le palais et la ville étaient donc dans une agitation extraordinaire ; des récompenses furent promises à ceux qui donneraient des nouvelles de la jeune fugitive. Des courriers partirent vers toutes les provinces, et bientôt l'empire entier chercha la belle Lon-Foo demandée en mariage par l'empereur.

Le bruit de l'aventure arriva jusqu'aux oreilles de Li-Tso-Pé, qui était allé défendre les frontières menacées par les Mongols. Le jeune homme, mordu au cœur par l'inquiétude, quitta aussitôt son poste et reprit la route de Nankin.

Cependant on était sur la trace de Lon-Foo ; ses vêtements avaient été retrouvés chez le marchand d'habits, qui avait donné la description du costume pris par elle. On apprit aussi qu'une vieille batelière du fleuve Bleu avait été subitement remplacée par une jeune fille d'une beauté extrême.

L'empereur fut donc informé que celle qu'il cherchait était sans doute cette jeune batelière dont personne ne connaissait l'origine.

Hoaï-Tsong voulut se convaincre par lui-même et,
sous un déguisement, il se rendit au bord du fleuve,
à l'endroit qu'on lui indiqua.

Au moment où l'empereur s'approcha du chan-pan,
Lon-Foo, étendue à l'ombre de la cabine, chantait à
demi-voix une chanson qu'elle avait composée en
songeant à Li-Tso-Pé. L'empereur prêta l'oreille et
entendit ceci :

« Depuis que tu m'as quittée, je n'habite plus sur
terre. Pendant le jour et pendant la nuit, l'eau lim-
pide du fleuve Bleu me berce.

« Le souffle de l'automne a changé la verdure en
or. Où donc est le temps où nous causions à travers
les branches, tandis que les feuilles jaunies tombaient légèrement?

« Tous les trésors de l'empereur valent-ils le devoir accompli? Toute sa puissance pourrait-elle
effacer la promesse faite aux morts?

« Où donc es-tu? Que fais-tu pendant que mes
larmes, goutte à goutte, tombent dans le fleuve? »

— Bien, dit l'empereur lorsque Lon-Foo eut cessé
de chanter. Je sais maintenant pourquoi elle s'est
enfuie et me dédaigne.

Il entra dans la barque et Lon-Foo se releva vivement.

— Jeune fille, veux-tu me conduire sur l'autre rive? dit-il.

— Certainement, seigneur, répondit Lon-Foo, n'est-ce pas mon métier de traverser le fleuve à toute heure?

— Ce métier ne me semble pas digne de toi, dit l'empereur.

— Il me convient beaucoup et je serais incapable d'en exercer un autre, dit Lon-Foo, en éloignant le bateau du rivage.

— Ces jolies mains blanches comme le jade ne sont pas faites pour serrer ces rames grossières. Ce ravissant visage doit craindre les morsures du soleil, continua Hoaï-Tsong. C'est à l'abri du palais impérial qu'il devrait s'épanouir; c'est un sceptre d'or et de pierreries qui devrait charger cette main délicate.

En entendant ces paroles, Lon-Foo devint très pâle et regarda avec épouvante l'homme assis en face d'elle.

— Tu te moques, seigneur, dit-elle d'une voix tremblante, une pauvre paysanne comme moi! Je serais une tache d'encre sur du satin blanc.

— A quoi bon dissimuler plus longtemps, Lon-Foo? dit tout à coup l'empereur. Pourquoi as-tu fui depuis deux mois? Pourquoi te caches-tu quand je te cherche, en bouleversant tout l'empire?

— Dieu du ciel! tu es l'empereur!... s'écria la jeune fille qui lâcha les rames et joignit les mains.

— Pour tous, je suis l'empereur, dit Hoaï-Tsong; pour toi, je suis seulement un ami.

— Aie pitié de moi, grand empereur! s'écria Lon-Foo en se jetant à genoux.

— Quoi donc! dit Hoaï-Tsong, est-ce ainsi que tu m'accueilles?

— Je ne suis pas digne de cette faveur, dit la jeune fille; l'honneur que tu me fais m'écrase. Je t'en conjure, ne t'occupe plus de moi.

— J'ai entendu ta chanson tout à l'heure, dit l'empereur en fronçant le sourcil. Ton fiancé est loin, disais-tu; il serait mort si je savais son nom : efface ce nom de ta mémoire et essuie tes larmes; je vais te conduire dans mon palais et te placer parmi mes épouses. La résistance est inutile, je suis le maître.

— Hélas! murmura Lon-Foo, je suis perdue!

L'empereur fit un signe; aussitôt les rivages se couvrirent de monde, une musique joyeuse éclata soudain; des jonques pavoisées, ouvrant comme une aile leur grande voile en nattes de bambou, s'avancèrent de tous côtés, chargées de mandarins et de hauts fonctionnaires en costumes de cérémonie.

En se voyant la prisonnière de cette foule, soumise à l'empereur, Lon-Foo, désespérée, leva les yeux au ciel.

— Mon cher Li-Tso Pé! s'écria-t-elle, Dieu veuille que nos âmes se rejoignent un jour, car dans ce monde nous ne nous reverrons plus!

Et d'un bond elle s'élança dans le fleuve.

L'empereur poussa un cri terrible.

Les jonques arrivèrent rapidement, plusieurs hommes se jetèrent à l'eau et plongèrent. Hoaï-Tsong ne quittait pas des yeux la place à laquelle Lon-Foo avait disparu.

— Là, cherchez là... disait-il.

Les plongeurs reparurent, puis plongèrent de nouveau.

Plusieurs minutes s'écoulèrent qui semblèrent des siècles aux assistants. L'empereur trépignait de rage et de douleur.

Ce ne fut qu'au bout d'une heure que l'on ramena la jeune fille à la surface de l'eau. Elle avait cessé de vivre.

Au moment où le cadavre de Lon-Foo était déposé sur le rivage, un guerrier tout armé arriva au grand galop de son cheval ; il mit pied à terre et se fit jour à travers la foule.

En apercevant Lon-Foo étendue sans vie sur la rive, il poussa un cri et s'agenouilla près de la jeune fille.

— Ah ! mon amie, s'écria-t-il, tu as tenu ta parole, tu es morte pour rester fidèle à ta promesse, et voici que tu es comme une fleur du printemps surprise par la gelée blanche : je n'aurais pu te sauver de l'empereur, mais j'arrive assez tôt pour mourir avec toi ; ta main est tiède encore, ton âme attend son compagnon de voyage et voltige auprès de nous.

Sho-Shé, l'Etoile Immortelle (p. 210).

Ne sois pas impatiente, ma douce Lon-Foo, me voici !

Un instant, on vit briller un glaive, puis un ruisseau de sang coula sur le sol.

— Je ne demande qu'une grâce à l'empereur, qu'il me fasse ensevelir auprès de celle qui est morte pour moi, dit Li-Tso-Pé en expirant.

L'empereur se tenait debout, les bras croisés, mordant ses lèvres, cachant sa colère et sa douleur à toute cette foule. Il regardait avec haine le cadavre de ce jeune homme qui lui avait été préféré.

— Faut-il accéder au désir du mort et faire enterrer les deux fiancés côte à côte? demanda un mandarin.

— Non, je le défends! dit l'empereur d'une voix brève.

Puis il s'éloigna et rentra dans son palais.

Peu de temps après cette aventure, les Mongols envahirent le territoire de la Chine. Hoaï-Tsong, détrôné, se tua. Ce fut le dernier souverain de la dynastie des Mings.

On peut voir encore, dans le vieux cimetière de Nankin, les sépultures de Lon-Foo et de Li-Tso-Pé. Chacune des deux tombes est ombragée par un magnifique acacia. Elles sont assez éloignées l'une de l'autre, mais les deux arbres ont étendu leurs branches qui se sont rejointes et entrelacées.

LE FRUIT DÉFENDU

LE FRUIT DÉFENDU

C'était à Canton. Une nouvelle année commençait la neuvième du règne de l'empereur Tao-Kouang. Une foule compacte et joyeuse cachait presque entièrement le sol de la rue des Marchands-de-Lanternes, qui est cependant la plus large de la ville.

Sous les rayons perpendiculaires du soleil, car on était à la douzième heure, les vives couleurs des calottes neuves, les miroitements des soies fraîches, les scintillements des bijoux grossiers, formaient comme les vagues d'un fleuve jonché de fleurs, entre les façades jaunes des maisons, décorées de banderolles jusqu'à leurs toitures, à l'angle desquelles des dragons verts éclataient de rire.

Le premier jour de l'année, des vendeurs ambu-

lants s'établissent dans la rue des Marchands-de-Lanternes et y répandent, le long des maisons, d'éblouis-
santes merveilles, que le peuple achète ou contemple.
Ce sont des jades délicatement sculptés et transparents comme des ongles de princesse, des monstres
de bronze grotesques et charmants, dont les gros
yeux de porcelaine peinte regardent fixement ; puis
des coffrets de laque, de petites figures en or, des
peintures historiques ou fabuleuses, encadrées de
bambous et de perles, de la toile d'ortie, exportée de
Nankin, une grande quantité de meubles somptueux
et de costumes magnifiques vendus par les personnes
riches qui dédaignent les objets vieux de plus de
douze lunes, et mille choses encore.

Cette année-là, l'affluence des marchands et la
richesse des marchandises étaient telles que les plus
vieux habitants de Canton déclaraient qu'ils n'avaient
jamais rien vu de pareil ; les enfants criaient d'éton-
nement en levant les bras au ciel ; les femmes, émues
et timides, mordaient le bout de leurs ongles en inclinant coquettement à gauche leurs petites têtes ornées
de plumes. Mais la foule était si épaisse et si agitée
qu'on ne pouvait admirer longtemps la même chose,
et plus d'un acheteur qui marchandait rêveusement
un éventail orné de caractères, se trouvait tout à coup
cet éventail à la main, devant un étalage de vieilles
monnaies et d'armes anciennes, poursuivi par les
hurlements du marchand frustré.

Ce vaste amas de promeneurs avait une ondula-

tion molle, un balancement sans cahots, car chaque
personne se laissait pousser sans résistance. A la
moindre impulsion, venue de près ou de loin, tout le
monde obéissait machinalement; celui qui aurait
formé la résolution audacieuse de se diriger vers
un but, ou seulement d'aller dans un sens plutôt que
dans l'autre, aurait fort risqué de laisser en chemin
la meilleure partie de sa toilette et même quelques-
uns de ses membres.

Ce double malheur menaçait évidemment le riche
et honorable libraire Sang-Yong, héros de cette histoire.

Ce jeune homme de trente ans et sept lunes, d'une
tenue irréprochable et d'une figure si aimable qu'on
ne pouvait la considérer un instant sans être pris
d'un rire immodéré, absolument contraire aux convenances, ce jeune homme semblait la proie d'une
idée fixe; vif et prompt, malgré son embonpoint déjà
respectable, il se démenait de toutes ses forces,
trouant la foule des coudes, des poings, du front vers
les étalages de costumes où se vendait la défroque
des grands personnages : il jetait un regard avide
parmi les laines et les soies de toutes couleurs, puis,
comme découragé, s'éloignait en soupirant.

Au moment où il allait atteindre la dernière et la
plus somptueuse boutique d'habillements, deux
hommes à cheval se montrèrent tout à coup au coin
de la rue des Tam-Tam, repoussant la foule à coups
de bâton, et criant à tue-tête : Là! là! là! C'étaient

les avants-coureurs d'un cortège magnifique, qui
devait traverser dans sa largeur, la rue des Marchands-de-Lanternes; l'illustre mandarin Tchin-
Tchan, gouverneur de Canton, allait faire sa visite
de commencement d'année au vice-roi Koua-Pio-
Kouen. Dès que la foule fut suffisamment écartée et
comme coupée en deux tronçons, de nombreux domestiques, portant des petits cochons rôtis au bout
de grandes piques de bois, s'avancèrent rapidement
et traversèrent la rue, ensuite parut une chaise à
porteurs, magnifiquement dorée et ouverte de toutes
parts, où le gouverneur Tchin-Tchan était assis, vêtu
de jaune, immobile, imposant; derrière lui marchaient les porteurs de lanternes, de bannières, de
parasols; le cortège entra dans la rue des Pharma-
ciens, et la foule se referma.

Sang-Yong avait regardé l'illustre mandarin avec
un enthousiasme étrange; quelqu'un l'avait entendu
se dire tout bas, à lui-même :

— Non! le Fils-du-Ciel n'en a pas de plus belle!

Quand le cortège eut disparu, le libraire continua
de se diriger vers la dernière boutique de costumes;
il parvint à s'en approcher, après avoir tourné deux
ou trois fois sur lui-même. Il commença d'en ins-
pecter l'étalage, d'un air qui s'efforçait de paraître
indifférent; mais cette ruse ne trompa point le mar
chand.

— Quelle est la chose que tu cherches parmi mes
merveilles, dit-il, et que tu parais ne pas trouver? Il

faut croire que la chance ne conduit pas ton œil sur
l'objet que tu désires.

Sang-Yong regarda rapidement autour de lui
comme pour s'assurer que personne de l'épiait.

— As-tu une robe jaune? dit-il très vite et très bas.

Le marchand leva les bras au ciel :

— Une robe jaune! s'écria-t-il d'une voix épouvantée; qu'oses-tu demander? L'empereur lui seul,
et ceux qui le représentent dans les diverses capi-
tales de la Patrie du Milieu, ont le privilège de
porter des robes de cette couleur. Sais-tu à combien
de coups de bambou s'exposerait ton dos en portant
le plus petit morceau d'étoffe jaune, et de quelle
peine je serai passible moi-même si je consentais à
t'en vendre?

Sang-Yong, très effrayé, s'efforçait en vain d'imposer silence au marchand.

— Crois-tu d'ailleurs, ajouta celui-ci en criant
plus fort, que si je n'étais pas arrêté par la crainte
du châtiment, je ne le serais pas par le respect que je
dois au Fils-du-Ciel et au mandarin Tchin-Tchan?

Mais, tout à coup, baissant la voix :

— Reviens ce soir à cette place même, dit-il, dès
que la cloche aura sonné l'ordre d'éteindre. Je te con-
duirai chez moi et tu auras une robe jaune, fraîche
et resplendissante comme les robes de l'Empereur.

Sang-Yong fit un signe de tête et s'éloigna tout
joyeux.

— Enfin! murmura-t-il en cachant ses mains dans

14

ses manches, ce que j'ai tant désiré va s'accomplir
bientôt!

Il passa le reste de la journée à acheter de grands
miroirs d'acier poli et à les faire transporter dans sa
maison.

Sang-Yong avait été favorisé par Sho-Shé-l'Étoile-
Immortelle-génie pour lequel il avait une dévotion
particulière; son commerce de librairie avait réussi
au delà de ses espérances; il était doué d'un caractère
joyeux, d'une bonne santé et d'un appétit considé-
rable qu'il satisfaisait journellement par les mets les
plus délicats.

Cependant il n'était pas heureux. Une idée singulière s'était un jour emparée de son esprit et ne l'avait
plus quitté. Il s'était avoué qu'avec toute sa fortune
et tout son appétit il resterait toujours un marchand
vulgaire, que son manque d'éducation l'empêcherait
d'arriver à aucun grade élevé, et il aurait donné tout
son appétit et toute sa fortune pour être Mandarin.

Il garda cette pensée pendant un an, mangeant
moins, riant moins, le front voilé d'un souci cons-
tant; puis il raisonna son idée froidement, et se
demanda ce qu'avaient de plus que lui les Mandarins qu'il enviait. Cette réponse saugrenue se présenta à son esprit : « Ils portent une robe jaune!
Toi, si tu portais une robe jaune, tu recevrais, selon
la loi, cent coups de bambou sur les épaules. » Il ne
trouva pas d'autre motif à son ambition, et dès lors,
un fatal désir se glissa dans son cœur. « Il me faut

une robe jaune, répétait-il, nuit et jour. Je m'enfer-
merai dans ma chambre que j'aurai fait garnir de
glaces limpides, j'allumerai un grand nombre de
lanternes, je revêtirai chaque soir ma robe jaune ; et
je me regarderai dans les miroirs, et je ne recevrai
pas de coups de bâton. » Souvent aussi, il se disait :
« Je suis fou! que m'importe une robe jaune? »
Néanmoins, il en cherchait une avec un acharne-
ment sans trêve.

Quand la huitième heure eut sonné, il se trouva,
tout ému, à la place que lui avait indiquée le marchand de costumes. Celui-ci, qui attendait le libraire,
se mit à marcher silencieusement, et Sang-Yong le
suivit. Ils passèrent par des rues étroites, boueuses,
et pénétrèrent enfin dans une petite boutique sale et
laide. La robe jaune était belle, presque neuve ; le
marchand en demanda deux onces d'or, qui lui
furent données sans objections, et Sang-Yong rentra chez lui fort satisfait.

Le soir même, à la lueur de quinze lanternes,
quatre ou cinq glaces bien fourbies lui montrèrent
l'image éclatante de la robe de satin jaune où le Dragon à cinq griffes apparaissait brodé en rouge sur la
poitrine ; et la petite personne rondelette du libraire,
avec sa face à triple menton, vermillonnée [par la
bonne chère et l'abus de vin de riz, faisait un diver-
tissant contraste à ce pompeux habillement.

Sang-Yong, extasié, rayonnant, marchait dans sa
chambre avec dignité ; il faisait frissonner et grincer

son costume, qui, saisissant dans ses plis lisses les
mille lueurs des lanternes, les réverbérait en rayons
jaunes; il disait :

— Je suis très bien, je suis un mandarin.

Il regardait sa propre image dans les quatre ou
cinq miroirs, et ajoutait gravement :

— Voici d'autres mandarins, non moins beaux
que moi-même, qui viennent me visiter; faisons-leur
accueil selon les rites consacrés.

Alors se dirigeant tour à tour vers chaque miroir,
il joignait les mains et les élevait devant sa poitrine,
selon la règle du salut appelé le Kong-Tchao; puis,
accomplissant le deuxième salut qu'on nomme le
Tso-I, il s'inclinait profondément, les mains jointes;
puis, il pliait les genoux sans les poser à terre,
comme le Tsa-Sien l'ordonne, et enfin s'agenouillait,
obéissant à la coutume du Tsien.

Mais, pensait-il, ces modes de révérences ne sont
peut-être pas assez respectueux pour d'aussi respec-
tables personnages; acquittons-nous du Ko-Tao, qui
exige que l'on frappe une fois la terre de son front
après s'être agenouillé; du San-Kao, qui demande
que l'on mette trois fois de suite ses cheveux dans
la poussière du parquet, et n'oublions pas le Sou-
Kao, qui n'est autre chose que le San-Kao répété
deux fois.

Et l'honnête libraire, agenouillé devant les miroirs, saluait en effet ses hôtes imaginaires. Il ne se
coucha point avant d'avoir entendu passer la qua-

trième ronde des veilleurs de nuit, qui entrechoquent
bruyamment des petites planchettes de bois, et
quand, vaincu par le sommeil, il se jeta sur son lit,
sans quitter d'ailleurs sa belle robe, il eut un rêve
où il se vit reçu par l'empereur, dans la plus magnifique salle du palais de Pékin, et accomplissant,
devant le Fils-du-Ciel, à peine plus brillant que lui-
même, la plus solennelle des salutations : le San-
Koui-Kiou-To !

Durant trois lunes, Sang-Yong ne se sépara point
de son brillant costume ; quand les affaires de son
négoce l'obligeaient à paraître dans sa boutique, ou
quand les promenades nécessaires pour conserver
sa santé et pour entretenir son appétit, enfin revenu, le conduisaient dans les rues de la ville,
il jetait sur ses épaules une seconde robe, noire
ou grise ; mais sous ce vêtement méprisé il portait
sa robe jaune, dont il entendait en marchant frémir
les plis somptueux, et qu'il tâtait souvent avec dé-
lices.

Un matin de printemps, il sortit avant la dixième
heure, car le ciel, admirablement pur, invitait à de
longues promenades. Il traversa la vieille ville tar-
tare, où il demeurait, et, après avoir franchi la porte
du Sud, entra dans la ville chinoise, qu'un long
mur transversal sépare de la cité ancienne interdite
aux barbares. Il atteignit rapidement l'enceinte de
Canton et se dirigea vers la Rivière-des-Perles.
Malgré l'heure peu avancée, la rive septentrionale

du fleuve était encombrée et bruyante; la foule s'y
démenait, achetant et vendant.

Sur l'eau, mille embarcations couraient légèrement, s'évitant l'une l'autre avec adresse et rapidité;
de grands bateaux chargés de légumes et de poissons, ou portant des bestiaux qui mugissent d'inquiétude, attendaient que de longs radeaux qui
flottaient lentement, appesantis par des cargaisons
de bambous, leur laissassent le passage libre. La
coque haute et bombée, comme la poitrine des
cigognes, la voile ouverte et tendue comme l'aile
des hannetons, des jonques guerrières, à l'ancre, se
tenaient immobiles, et leurs pavillons bariolés ondulaient au vent; il y avait aussi des bâtiments marchands qui viennent du nord, et qui sont peints de
blanc, de noir et de rouge; ils portent à l'avant une
tête de poisson sculptée, aux énormes yeux stupéfaits, que surmontent, en guise de sourcils, deux
longues cornes menaçantes, et leur voile en natte,
largement déployée, ressemble à un immense éventail.

Sang-Yong s'arrêta, considérant en silence cette
agitation, et songeant au bel effet qu'il produirait
sur la foule s'il apparaissait tout à coup dans sa
magnifique robe; mais quelques soldats de police,
qui se promenaient lentement leur pique à la main,
lui remirent en mémoire les terribles coups de
bâton.

Après avoir cherché un instant du regard, il fit

signe à un batelier qui se hâta de rapprocher sa
barque du rivage :

— Traverse le fleuve en le remontant un peu, dit
le libraire, quand il se fut commodément installé
sous le pavillon de natte.

Pour éviter la foule des navires marchands, la
barque passa par la ville flottante des Bateaux-des-
Fleurs, qui forment des rues, des places, des carrefours pleins de reflets toujours frissonnants. Sang-
Yong soupira en regardant les treillis verts des
maisons de bambous, les banderolles joyeuses, les
lanternes pendantes, les ornements de papier doré
et de plumes de paon, et surtout les petites terrasses
où il avait fumé si souvent de longues pipes d'opium :
« Qu'il serait doux de s'asseoir là, vêtu de jaune, au
« milieu d'un cercle méprisable de marchands! » se
disait-il.

Après avoir dépassé les Bateaux-des-Fleurs, la
barque toucha terre de l'autre côté de la rivière.
Sang-Yong s'enfonça dans la campagne : il longea la
longue pagode Haï-Tsioun-Tsée, les palissades de
laque rouge des élégantes habitations d'été enfouies
sous des touffes de fleurs, et atteignit enfin un petit
bois de jeunes cèdres où il s'arrêta pour goûter la
fraîcheur douce de l'air. Il était seul, invisible. Il
songea que la lumière du jour ne l'avait jamais
admiré vêtu de son costume superbe ; violemment,
il rejeta sa robe noire et apparut magnifique. Le
soleil dardait ses rayons à travers les branches, pour

mieux le voir; les oiseaux chantaient sa gloire; les
cèdres frémissaient, stupéfaits.

Tout à coup, deux petits rires, clairs et joyeux,
éclatèrent à quelques pas de Sang-Yong; toute la
personne du libraire vêtu de jaune prit une expression d'épouvante si parfaitement comique, que les
jeunes rires, s'il en avait été le sujet, eussent doublé
de rapidité, comme une cascade dont la pente augmente. Cependant, il s'aperçut bientôt qu'on ne
s'occupait pas de lui; les voix riaient, parlaient,
puis riaient encore.

Tranquillisé, il s'approcha de l'endroit d'où s'en-
volait le bruit, car il aurait affirmé que ce rire sortait
de jolies bouches. Il se trouva soudain devant une
palissade de bambous peints, que les cèdres lui
avaient d'abord cachée, et au delà de laquelle fleu-
rissait un jardin d'une élégance merveilleuse.

Ces allées, irrégulières et entortillées comme des
lianes, étaient pavées de pierres lisses, différentes
de contours et de couleurs, qui formaient des dessins
agréables. Des lions de porcelaine étaient assis, la
gueule ouverte, à l'entrée de petits ponts de marbre
qui franchissaient des lacs artificiels.

Au milieu de rochers factices, aux aspects bizarres
et invraisemblables, de minces cascades glissaient sur
la mousse et de tous côtés s'écoulaient vers le lac.
Dans des vases imitant des dragons, des éléphants
et des monstres fantastiques, les fleurs-de-lune et les
marguerites jaunes s'épanouissaient, précieusement

On ne criait plus, on riait (p. 223).

soignées ; tandis que la large pivoine, justement
appelée l'impératrice des fleurs, éclatait dans les
parterres, éblouissant les yeux. Les arbres étaient
rares et bien taillés ; il y avait des dragonniers san-
glants et des cédraticrs pâles, et aussi quelques
orangers parfumés qui commençaient à fleurir ; le
vent faisait tomber dans les lacs des pétales de roses
et agitait doucement le panache léger des bambous
noirs.

Sang-Yong contemplait ce jardin avec admiration ; il lui semblait qu'il devait avoir été tracé sur le
plan diminué des jardins impériaux de la Ville-
Défendue.

Les voix qui s'étaient éloignées un instant se rap-
prochèrent de nouveau ; le libraire vit apparaître
une jeune fille qui marchait avec peine, les bras
étendus pour ne pas perdre l'équilibre, et se diver-
tissait à jeter en l'air du bout de son petit pied, un
grand volant qu'elle ne laissait jamais retomber à
terre. Elle portait une double robe de damas vert
clair, brodée d'or, et, en jouant, elle laissait voir
quelquefois un pantalon de satin rose. Son visage
était fardé avec soin ; des perles et des fleurs se
mêlaient aux trois nattes qui pendaient, l'une sur
son dos, les deux autres sur sa poitrine. Une petite
servante la suivait, portant un parasol.

Les deux jeunes filles riaient ensemble, avec fa-
miliarité, des évolutions du volant ; mais tout à
coup leur gaieté se changea en un grand chagrin :

le volant était tombé dans l'un des petits lacs artificiels.

— Oh! Oh! A-Tei, s'écria la jeune maîtresse en
voyant le volant dans l'eau, ma mère s'apercevra
que nous sommes sorties de notre jardin réservé. Tu
es méchante de m'avoir entraînée par ici.

La jeune fille essaya de rattraper le volant avec
son éventail.

— Prends garde, prends garde, dit A-Tei. Si tu
tombais à l'eau, je ne pourrais pas te repêcher, et on
te verrait beaucoup mieux que le volant. Que répon-
drais-je à ta vénérable mère, qui ne manquerait pas
de me dire : « Où est la noble Princesse-Blanche,
vilaine A-Tei? Qu'as-tu fait de Princesse-Blanche?
Viens ici que je te fouette. » Ne te noie pas, maîtresse, je n'ai pas envie d'être fouettée.

— Tu ris, s'écria Princesse-Blanche; je ne veux
pas que l'on rie tant que je verrai le volant sur le lac.

— C'est bien, méchante maîtresse, je vais me jeter
à l'eau, le volant enfoncera.

— Tu me donnes une idée, dit Princesse-Blanche;
lançons des pierres sur le volant.

— Les pierres tomberont au fond, mais le volant
qui a des plumes bleues et vertes remontera sur l'eau
pour nous taquiner.

— Tu crois, petite?

Derrière la palissade, Sang-Yong brûlait d'envie
d'aller au secours des deux jeunes filles; il hésitait
ne sachant de quelle façon, ni sous quel costume se

présenter. Il pensa à remettre sa robe noire, mais il
ne pût supporter l'idée de paraître si mal vêtu à de
si belles personnes ; il se décida donc à rester habillé
de jaune, pensant bien que des femmes n'auraient pas
l'œil perspicace des soldats de police, et pour attirer
l'attention, il chanta sur un rhythme élégant :

« Deux belles jeunes filles sont bien embarrassées
« parce que leur volant est tombé au milieu d'un
« grand lac. Mais le mandarin Sang-Yong, qui se
« promène dans le petit bois de Cèdres, offre de faire
« cesser leur chagrin. »

Princesse-Blanche cacha vivement son visage derrière son éventail : A-Tei, moins timide, regarda
Sang-Yong.

— Faut-il lui répondre? demanda-t-elle à sa maîtresse.

— Quel air a-t-il?. dit Princesse-Blanche.

— C'est un noble jeune homme, en costume de
cérémonie; sa figure, un peu comique, ne laisse pas
que d'être agréable, et je prendrais volontiers cette
figure-là pour mari.

— Folle! répondit Princesse-Blanche; mais on ne
peut se dispenser de répondre avec politesse à un
mandarin; dis-lui mon nom, puisqu'il m'a dit le sien;
et dis-lui que je le remercie de son offre, quoique je
ne puisse pas l'accepter.

A-Tei se tourna vers Sang-Yong.

— Honorable mandarin, dit-elle, ma maîtresse
m'ordonne de te dire qu'elle s'appelle Princesse-

Blanche, que sa mère s'appelle Tsing, et que son père est l'illustre Tchin-Tchan, gouverneur de Canton. Moi, je m'appelle A-Tei, j'ai dix-sept ans et je ne suis pas mariée. Nous te remercions et nous acceptons ton offre avec empressement.

Au nom de Tchin-Tchan, le visage de Sang-Yong avait pâli.

— A-Tei, A-Tei! dit Princesse-Blanche, ce n'est point cela que je t'ai ordonné de dire.

— Pardon! pardon! maîtresse, je vais lui expliquer que je me suis trompée.

— Et conseille-lui de se retirer, ajouta Princesse-Blanche; car il n'est pas convenable qu'un homme se promène ainsi près de deux jeunes filles.

— Honorable mandarin, dit A-Tei à Sang-Yong, ma maîtresse m'ordonne de te faire entrer, afin que ta bonté retire le volant de l'eau.

— Petite misérable, c'est moi qui te ferai fouetter!

— Ah! maîtresse, il est si joli...

Princesse-Blanche regarda à travers les branches de son éventail, tandis que A-Tei ouvrait une petite porte cachée dans la palissade; elle faillit éclater de rire en apercevant la figure réjouie et bouffonne du bon libraire.

— A-Tei, dit-elle, a des goûts singuliers.

Lorsque Sang-Yong fut entré, il adressa mille salutations à la noble jeune fille, qui commanda à sa servante de les lui rendre; puis il cassa une tige de bambou et il se disposa à rattraper le volant. D'abord, il ne réussit qu'à l'éloigner; mais en le chassant ainsi il le rapprochait de l'autre rive; il passa un des petits ponts de marbre, et délicatement, entre deux ongles, il saisit le jouet. A-Tei frappait ses mains l'une contre l'autre en disant :

— Voilà un mandarin très adroit.

— Il faut lui rendre grâce, dit tout bas Princesse-Blanche, et nous retirer bien vite dans l'appartement intérieur, en le priant de ne jamais revenir dans le petit bois de Cèdres.

— Ma maîtresse te prie de revenir demain dans le petit bois de Cèdres, afin que nous puissions jouir encore de l'honneur de ta compagnie.

— Je te ferai couper la langue! murmura Princesse-Blanche, en s'éloignant rapidement.

Sang-Yong s'était remis à saluer; quand il releva la tête, la noble jeune fille avait disparu, mais il put voir encore, à travers les branches, l'espiègle visage d'A-Tei qui lui souriait de loin.

Le libraire était ivre de joie. Malgré la robe noire qu'il dut remettre, il se croyait un mandarin véritable; sa conviction fut à peine ébranlée, lorsque de retour dans la ville, il vit briller la grande enseigne de sa maison, où on pouvait lire, en caractères d'or :

« Quand les personnes honorables veulent acheter
« des livres, elles doivent regarder l'enseigne de cette
« boutique; les marchandises y sont vendues à des
« prix vrais, on ne trompe ni les enfants, ni les vieil-

« lards, dans la boutique de Sang-Yong, qui vend
« des livres de toute espèce. »

Sang-Yong ferma les yeux pour ne pas être dis-
trait de son rêve ; il franchit à tâtons le seuil de sa
maison, encombré de volumes, et courut s'enfermer
dans sa chambre, entre les quatre miroirs complai-
sants. Là, tout le jour, il pensa à la belle Princesse-
Blanche, et quand la nuit vint, il rêva qu'il épousait
la fille de l'illustre Tchin-Tchan, après avoir été lui-
même nommé gouverneur de Canton.

Le lendemain, avant la dixième heure, portant
sous sa robe noire son magnifique habillement jaune,
faisant triomphalement sonner ses semelles sur les
dalles, il partit pour le petit bois de cèdres, et sa joie
était extrême. Mais So-Shé, l'Etoile-Immortelle,
oubliait ce jour-là le libraire Sang-Yong.

Pour éviter les encombrements de la rue des Marchands-de-Lanternes, il avait pris par la rue des Chaudronniers ; un pli de sa robe accrocha un chaudron
de fer qui pendait à la porte d'un marchand ; le
chaudron roula dans la rue avec un bruit assourdis-
sant, entraînant à sa suite une grande quantité d'us-
tensiles sonores. Le marchand parut sur sa porte en
criant : Au voleur ! Derrière le marchand sortit un
petit chien jaune clair, au nez pointu, aux oreilles
droites, à la queue frisée et retroussée, qui lança un
jappement aigu. Sang-Yong, effrayé déjà par le bruit
des chaudrons, ne put s'empêcher, au cri du chien,

de faire un mouvement en avant. Sans savoir pourquoi, il se mit à courir; le chien jaune clair courut
après lui, avec des aboiements multipliés et furieux.
Le marchand suivait le chien; alors tous les marchands et tous les chiens de la rue parurent sur les
portes, ceux-ci criant aux oreilles de Sang-Yong,
ceux-là hurlant à ses jambes; et bientôt le malheureux libraire eut à ses trousses un long cortège criard
de bêtes et de gens. Hébété, étourdi, il courait toujours; des soldats de police, brandissant leurs piques,
s'étaient mis eux-mêmes à sa poursuite sans connaître le motif de cette course effrénée, et Sang-Yong
crut devenir fou.

Tout à coup, les clameurs qui retentissaient derrière lui changèrent de nature; on ne criait plus, on
riait.

— Voyez, voyez, disait-on, il a une robe jaune!

L'infortuné sentit ses cheveux se hérisser, et sa
natte frissonner derrière sa tête. En voulant le mordre
aux jambes, les affreux chiens avaient saisi dans
leurs petites gueules bleues la première robe du
fuyard; ils l'avaient déchiquetée, arrachée, dépiécée,
en secouant violemment leurs têtes dans tous les
sens, et Sang-Yong était apparu dans sa splendeur,
hélas!

C'est alors qu'il comprit la nécessité de fuir : il se
lança en avant avec épouvante, les bras étendus, la
bouche ouverte, et il ne se serait jamais arrêté. Mais
la Rivière-des-Perles lui barra tout à coup le chemin;

aboyante et hurlante, la foule l'entoura ; les soldats
de police arrivèrent à leur tour en criant :

— Ne laissez pas échapper cet homme vêtu de
jaune, qui outrage le Fils-du-Ciel dans la personne
de l'illustre gouverneur Tchin-Tchan !

Et Sang-Yong fut saisi, garrotté, entraîné ; ses
esprits étaient troublés à ce point, qu'il demanda ce
qu'on lui voulait ; mais ces mots : « robe jaune »,
toujours prononcés autour de lui, lui rendirent bientôt
la conscience de son crime et de sa situation ; alors,
plus calme en apparence, mais en soi-même désespéré et maudissant l'ambition, les robes de toutes les
couleurs, la noble Princesse-Blanche, la rue des
Chaudronniers, les marchands et les chiens, il lui
sembla déjà sentir tomber sur ses épaules les terribles coups de bambou, et il se laissa conduire sans
résistance à la maison redoutée du grand chef de la
justice.

Le soir même de ce jour, si fatal au libraire Sang-
Yong, l'illustre Tchin-Tchan, gouverneur de Canton,
se promenait avec sa fille et l'espiègle A-Tei, dans le
magnifique jardin qui fleurit à côté du bois de cèdres,
lorsqu'on lui apporta, de la part du grand chef de
justice, un rouleau de bambou, lié par un ruban
jaune. Tchin-Tchan déploya le rouleau en disant :

— C'est sans doute une sentence à laquelle il ne
manque plus que ma signature.

Et Princesse-Blanche, curieuse, lut tout en marchant, par-dessus l'épaule de son père :

Martin-pêcheur (p. 231).

« Le libraire Sang-Yong, saisi dans les rues de Canton revêtu d'un costume dont la couleur est réservée au Fils-du-Ciel et aux grands fonctionnaires de l'empire, est condamné à recevoir cent coups de gros bambou. »

Puis suivait la relation des circonstances dans lesquelles le crime avait été découvert.

— Voilà une singulière histoire, dit le gouverneur, lorsqu'il eut achevé sa lecture; pourquoi cet honnête commerçant s'est-il rendu coupable de ce méfait, sans profit pour lui? Ignorait-il la peine qu'il encourait?

Près de lui, Princesse-Blanche se tordait de rire. Tchin-Tchan se retourna brusquement vers elle.

— Eh! quoi! méchante enfant, s'écria-t-il, tu te réjouis d'une façon aussi immodérée à propos d'un pauvre homme qui va recevoir cent coups de gros bambou?

— Ne me gronde pas, père vénéré, dit Princesse-Blanche, car je puis t'apprendre, moi, pourquoi cet humble libraire s'était ainsi travesti en mandarin.

— Vraiment! tu me ferais plaisir en me disant ce que tu sais.

La curieuse A-Tei, s'était rapprochée de sa maîtresse, celle-ci lui jeta un regard d'intelligence.

— Le mandarin Sang-Yong n'est autre qu'un honnête marchand, fort épris d'A-Tei, dit-elle, il la prenait pour une princesse, et afin d'atteindre son cœur, il s'était fait mandarin

15

— L'histoire est plaisante, dit le gouverneur qui ne put s'empêcher de rire, mais le malheureux va payer cher son imprudence.

— Comment! Comment! s'écria A-Tei toute attristée, l'aimable Sang-Yong recevrait-il vraiment cent coups de bambous!

— Il les recevra, dit le gouverneur, la loi est formelle. Ma pauvre A-Tei, s'il survit à sa peine, tu auras un mari bien cassé.

— On meurt donc quelquefois des cent coups de bambous? demanda Princesse-Blanche.

— Très souvent.

— Ah! cher père! dit-elle en le câlinant, tu ne peux cependant pas laisser tuer un homme qui t'a fait rire.

— C'est toi qui as ri.

— Toi aussi, père, et tu ris même encore malgré tes efforts pour te retenir; et puis voudrais-tu faire mourir A-Tei de chagrin?

— C'est vrai que je mourrai s'il meurt! s'écria la servante en éclatant en sanglots.

— La loi s'inquiète bien d'A-Tei, dit le gouverneur.

— Mais, ici, à Canton, la loi c'est toi, dit Princesse-Blanche. Je n'aurais jamais cru ton cœur aussi dur, ajouta-t-elle en faisant la moue, et je vais de ce pas me jeter dans le lac; je ne pourrai pas vivre avec l'idée que j'ai ri, d'un homme qu'on a tué à coups de bâton.

— Mais, vilaine enfant, tu sais bien que la grâce
d'un criminel ne dépend pas de moi seul, dit le gouverneur.

— Bon! bon! nous savons bien que le Vice-Roi
fait tout ce que tu veux.

— Eh bien, nous verrons, dit Tchin-Tchan en souriant.

Et il déchira le rouleau en fibres de bambous.
Princesse-Blanche, très joyeuse, sauta au cou de son
père et lui caressa doucement la barbe.

— Maîtresse! maîtresse! dit tout bas A-Tei, est-ce
que vraiment j'épouserai le libraire?

— Il le faut absolument, dit Princesse-Blanche.

— Quel bonheur! murmura A-Tei dont le visage
s'épanouit comme une pivoine au soleil levant.

La jeune servante est maintenant la plus riche
marchande de Canton; elle vend à des prix vrais les
livres de toute espèce, et Sang-Yong, assis le soir,
auprès d'elle, dans l'appartement intérieur, en
en face d'une image de So-Shé, qui lui a rendu sa
faveur, ne regrette nullement sa liberté de garçon.
Il a brûlé la robe jaune qui faillit lui être si fatale,
mais il conserve ses cendres dans un vase de jade
précieux, car c'est à elle qu'il doit la gracieuse
femme qui embellit son intérieur.

LE JOAILLIER DE FOU-TCHEOU

LE JOAILLIER DE FOU-TCHEOU

Si vous étiez allé en Chine et si vous vous étiez
reposé un jour sous un pêcher en fleur, au bord d'un
lac ou d'une rivière, vous auriez pu voir subitement
filer, avec un cri aigu, une vision éblouissante aussitôt disparue : était-ce une flamme, une étoile, une
émeraude vivante? Elle secouait des frissons lumineux et multicolores. Votre œil étonné la cherche çà
et là et croit n'avoir rien vu. C'était un oiseau! Le
voyez-vous maintenant suspendu à ce long glaïeul
qui se balance doucement au-dessus de l'eau? Regar-
dez-le vite, car il songe déjà à repartir. Vous aviez
bien vu, c'est un joyau, un feu vivant; dans ce rayon
de soleil, il a des scintillements comme les pierreries; ses ailes sont des émeraudes et les plumes de
son ventre son teintes dans le sang des rubis. Il a au

cou une grosse perle blanche et la toque qui le coiffe
est d'un azur incomparable, doux, brillant, métal-
lique. Sa taille est celle d'une hirondelle. Le voici
qui quitte brusquement le glaïeul et glisse sur l'eau
qu'il égratigne du bout de ses ailes; puis il revient;
mais il a une proie au bec; une proie lumineuse
comme lui-même; c'est une petite crevette toute
humide encore, transparente, qui s'agite en convul-
sions diamantées; maintenant il passe au-dessus de
vous et une goutte d'eau tombe sur votre front levé.

Si, en revenant vers la ville, vous demandez à quelque batelier quel est l'adorable oiseau que vous venez
de voir, il vous répondra qu'il se nomme Fei-tsoui,
qu'il ne vit qu'aux bords de l'eau et se nourrit de
poissons; mais si votre visage lui plaît, si, à votre
air et à votre costume, il vous juge digne de son
estime, le batelier vous racontera la légende du Fei-
tsoui, touchante histoire bien connue sur les rives
des fleuves de Chine et que les jeunes filles, en cueil-
lant des bambous, chantent le long de l'eau d'une
voix grêle et mélancolique :

« Il y avait dans la province de Fou-Tcheou un
honnête joaillier qui vivait paisiblement avec sa
femme et ses trois enfants; son commerce n'était pas
très étendu, mais il vivait dans l'aisance et était célèbre à cause de la perfection de son travail. Un jour
le malheur fondit sur lui; des voleurs s'introdui-
sirent dans sa boutique et prirent tout ce qu'elle ren-
fermait : les pierreries, l'or, l'argent, les perles, et

L'Impératrice (p. 239).

ne laissèrent au malheureux que ses outils désormais inutiles. Le pauvre joaillier faillit devenir fou de douleur, car il se trouvait aussi dépourvu qu'un mendiant, et ses cheveux blanchirent en quelques nuits. Il tâcha de trouver de l'ouvrage, mais tous les emplois étaient remplis et il n'y avait pas de travail pour lui. Alors sa femme prit ses trois enfants et s'en alla mendier par les rues. Un jour le joaillier se promenait tristement au bord du fleuve, songeant à sa malheureuse destinée. — « Hélas! disait-il, je crois que je ferais sagement de m'aller pendre à un clou près de la porte de quelque magistrat, avec mes poches pleines de suppliques recommandant à la charité de ce mandarin ma femme et mes enfants. » — C'était l'hiver, le sentier était couvert de neige, les arbres décharnés et noirs avaient des liserés de givre, la glace immobilisait la rivière. De loin, le joaillier vit quelque chose sur la neige qui brillait au pâle soleil; comme il n'avait pas la vue très bonne, il cligna ses paupières et s'abrita les yeux avec la main. — « C'est un joyau qui sera tombé là, dit-il, je tâcherai de retrouver celui à qui il appartient, je le lui rendrai et, en récompense, il me donnera peut-être quelques pièces de cuivre. » — Le joaillier pressa le pas, mais, lorsqu'il fut tout près de l'objet brillant, il s'aperçut que c'était un Fei-tsoui mort. — « Ah! dit-il, ce n'est qu'un oiseau mort de froid ou de faim, comme mourront bientôt mes enfants et ma chère femme. Pauvre petite bête! Ta destinée res-

semble à la mienne; tu mangeais copieusement et
tu avais chaud dans ton nid; mais l'hiver est venu
glacer la rivière qui te nourrissait et découvrir ton
nid si tiède, et te voilà morte; mais du moins tu as
gardé jusqu'à la fin ta magnifique parure, tandis que
mes beaux vêtements et ceux de ma femme sont
depuis longtemps chez le prêteur sur gages. » — Et
le pauvre homme tenait l'oiseau mort dans sa main
et admirait ses plumes brillantes. Tout à coup il se
frappa le front : « Quelle idée! s'écria-t-il; c'est le
maître du ciel qui me l'envoie. » — Il se mit à marcher à grands pas vers sa demeure, en ramassant sur
son chemin autant de bois mort qu'il en pût porter.

« Rentré chez lui, il alluma son fourneau depuis
si longtemps éteint, puis il regarda autour de lui,
comptant sur la Providence pour lui procurer un
morceau de métal. Il avisa le marteau de la porte,
qui était en cuivre massif. A l'aide d'un outil il l'arracha et le fit fondre au feu; il l'eut bientôt affiné et
changé en minces lamelles qu'il tordit de mille
façons; il fit un bracelet ramagé de cloisons comme
les émaux, mais au lieu de pierreries ou de couleurs
métalliques, il garnit les intervalles des cloisons avec
les plumes du merveilleux oiseau. Alors il alla porter
l'étrange bracelet à un mandarin dont le goût était
célèbre; le mandarin le regarda curieusement, l'admira beaucoup et l'acheta. Le joaillier exécuta
d'autres bijoux semblables, qui se vendirent; il rem-
plaça le cuivre par de l'argent et de l'or; bientôt la

mode de ces charmants joyaux devint générale; l'impératrice en voulut avoir et fit venir à Pékin l'heureux joaillier, qui acquit une fortune immense et
n'oublia jamais le petit oiseau mort sur la neige. »

Il y a bien longtemps que le joaillier de Fou-
Tcheou dort dans un beau cercueil de cèdre, et que
ses trois fils, qui continuèrent sa charmante indus-
trie, sont allés le rejoindre; mais la tradition a con-
servé, comme elle conserve tout en Chine, le pro-
cédé de fabrication de ces bijoux en plumes, et on
les exécute aujourd'hui avec la même perfection que
jadis.

Entre de fines cloisons d'or qui dessinent le con-
tour d'une fleur, d'un papillon, d'une mouche, les
plumes resplendissantes sont si artistiquement en-
châssées qu'elles ont pour l'œil l'aspect du métal;
mais il n'y a pas d'émaux métalliques, aussi parfaits
qu'ils soient, qui approchent de cet éclat, de cette
fraîcheur, de ce charme étrange; la turquoise semble
un mince terme de comparaison pour ces bleus
célestes, inimitables; l'émeraude est froide à côté des
miroitements sombres et clairs de ces plumes vertes,
et il n'est pas de coraux qui atteignent à la finesse
de ces rouges. La particularité la plus extraordinaire et la plus inattendue de ces bijoux chinois, qui
éveillent l'idée d'une fantaisie frêle et passagère,
c'est qu'ils sont d'une solidité extrême.

L'IMPÉRATRICE ZIN-GOU

L'IMPÉRATRICE ZIN-GOU

C'est le soir; le palais impérial s'endort : les gardes veillent; tout est tranquille.

Invisible, cependant, un homme a franchi les murailles, se glisse par les cours et les jardins, et voilà que, brusquement, il pénètre chez l'Impératrice, endormie déjà.

Dans la chambre, parfumée comme un temple, les lampes brûlent, voilées de soie. L'homme s'avance sans hésiter; sous son pas le parquet craque et l'Impératrice s'éveille, en sursaut, mais sans un cri.

Elle regarde l'homme, le reconnaît. C'est le beau général Také-Outsi-No-Soukouné. Il est en habit de bataille, tout souillé de poussière et de sang mal essuyé.

D'un geste fébrile, elle arrache la moustiquaire de

gaze, bondit près de lui, belle, grande, gracieuse dans ses pâles et longs vêtements nocturnes.

— Toi ici ! s'écrie-t-elle, loin du combat ! Qu'est-il arrivé ? La défaite ?

Také-Outsi se prosterne.

— Non, princesse, dit-il, mais pis que cela.

— Quoi ? Quoi donc ?

— Le descendant des dieux, le sublime Empereur, ton époux est mort... Il combattait à la tête de ses guerriers, les conduisant à la victoire. Une flèche coréenne l'atteignit... Il est retourné dans le séjour céleste.

— Ah ! mes pressentiments ! s'écrie l'Impératrice, en crispant ses doigts dans sa longue chevelure éparse, l'avis surnaturel qui me fut donné que le maître du Japon ne devait pas marcher en personne contre ce peuple !... Tsiou-Aï-Teno n'a pas voulu me croire et il n'est plus ! il a quitté la terre, l'époux héroïque, le fils du Prince des Guerriers, celui qui, par piété filiale, rassembla plus de cent mille oiseaux blancs, l'âme de son père s'étant réfugiée dans le corps d'un sira-tori, le héron aux grandes ailes ! Où est-elle, à son tour, l'âme du fils si tendre ? Hélas ! hélas ! où est-elle ?

Mais, subitement, l'Impératrice s'apaise, secoue sa tête fière et fait signe au général de se relever.

— Alors tout est perdu, dit-elle, la victoire nous échappe.

— Rien n'est perdu, ô ma souveraine, dit Také-

Le prince de Kanga (p. 257).

Outsi, qui reste agenouillé, tout est suspendu seulement. J'ai emporté le corps du Mikado dans mes
bras, je l'ai couché sous sa tente, disant qu'il était
seulement blessé, qu'il guérirait: puis, le confiant à
des gardiens, qui paieraient de leur vie la moindre
indiscrétion, je suis parti en secret, et, semant ma
route de chevaux morts, arrivé jusqu'à vos pieds.

Le beau guerrier lève les yeux vers la reine charmante, qui, la tête inclinée, le regarde aussi. Elle lit
dans cette âme ardente, l'héroïsme, le génie, le
dévouement, la tendresse peut-être! Et elle, à la fois
toute-puissante et si faible, comprend qu'appuyée sur
un cœur pareil, elle peut devenir redoutable, invincible. Un sentiment étrange et tout nouveau frémit en
elle, fait d'ambition et de courage. Comme si l'âme de
son époux était venue renforcer la sienne, elle se sent
prête à affronter tous les dangers, elle, la coquette,
la nonchalante, qui tremblait au moindre présage!

— Merci, chef illustre, dit-elle à Také-Outsi, tu
as fait ce qu'il fallait faire. Le Mikado vit toujours,
il n'est que blessé. Demain nous irons le rejoindre
au camp. C'est moi qui le remplacerai. Nous mar-
cherons à la victoire. Toi, Také-Outsi, sois le sou-
tien de l'Empire, je te donne le titre de Nai-Dai-Tsin.

Depuis plusieurs jours, l'illustre Impératrice Zin-
Gou est en route. Také-Outsi l'accompagne, et une
troupe nouvelle, qu'elle emmène pour renforcer
l'armée, la suit.

16

Les lanciers marchent d'abord, cuirassés, coiffés du casque à visière, évasé autour de la nuque et orné au-dessus du front d'une sorte de croissant de cuivre, la lance au poing, un petit drapeau planté derrière l'oreille gauche; les archers viennent ensuite, le front ceint d'un bandeau d'étoffe blanche, dont les bouts flottent en arrière, le dos hérissé de longues flèches, tenant à la main le grand arc laqué. Un nouveau corps d'archers est joint à ceux-ci et les soldats qui le composent portent un arc de forme singulière, à l'aide duquel on lance des pierres et qui est d'invention récente.

Les hommes de pied s'avancent après eux, armés de hallebardes, de glaives à deux mains, de haches; ils ont le visage couvert de masques noirs et grimaçants, hérissés de moustaches et de sourcils rouges, des casques ornés d'antennes de cuivre ou de grandes cornes de cerfs: d'autres se cachent sous un capuchon de mailles qui ne laisse voir que leurs yeux. Et au-dessus de ces troupes en marche, on voit osciller tout un fouillis de bannières et d'insignes des formes les plus variées.

L'Impératrice, sur un beau cheval, dont la crinière tressée forme comme une crête, les pieds dans de grands étriers ciselés, marche la première, et l'on arrive ainsi au bord d'une rivière appelée Matsoura-Gawa.

Alors la belle Zin-Gou ordonne une halte. Elle est femme toujours, et une idée singulière lui estvenue : elle veut pêcher à l'hameçon dans cette rivière.

Debout sur un petit tertre, elle jette la ligne et dit à voix haute :

— Si je dois réussir dans mon entreprise, l'amorce sera mordue, sinon elle restera intacte.

Un grand silence règne; tous les regards sont fixés sur la légère bouée flottant sur l'eau. La voici qui oscille et danse; la souveraine d'un geste vif enlève la ligne au bout de laquelle un éperlan s'agite et luit comme un poignard.

Des acclamations joyeuses éclatent.

— En route! s'écrie Zin-Gou, la flotte nous attend et la victoire est certaine !

On arrive à la rade de Kasifi-No-Oura. La flotte apparaît magnifique et formidable : les grandes jonques ressemblent à des monstres et les voiles sont comme des ailes ! les marins acclament l'armée impériale qui répond par un long cri.

La souveraine a mis pied à terre; elle s'avance jusqu'aux bords des flots, et, enlevant sa coiffure d'or, dénoue ses longs cheveux. Pour en effacer les parfums, elle les baigne dans la mer, puis les tord, les relève, en forme un chignon unique, tel que les portent les hommes.

Elle saisit alors une hache d'armes et monte sur la plus belle des jonques.

De là, à tous, l'Impératrice guerrière apparaît comme sur un piédestal. Elle a revêtu l'armure de corne noire dont les lamelles, jointes par des points de soie pourpre, retombent plus bas que les genoux, sur l'ample pantalon de brocart blanc à dessins nuageux, serré à la cheville. Elle a des épaulières de velours noir et d'énormes manches, très majestueuses, qui, descendant jusqu'à terre, forment comme un manteau ; elles sont faites d'une étoffe semée de fleurettes d'or disposées en losange et la doublure est de satin uni.

Un chrysanthème d'or ciselé brille sur le devant de l'armure ; la haute coiffure conique est retenue par une ganse de soie, nouée sous le menton, la hache d'arme est passée à la ceinture, à côté des deux sabres, et la guerrière s'appuie sur une canne d'ivoire et d'or, longue comme une pique.

Sous le vent, les voiles se tendent, les lames balancent les navires, tandis que Zin-Gou, les regards perdus dans l'espace, s'écrie :

— Voyez ! Voyez ! Le dieu marin ! Foumi-Yori-Mio-Zin se fait notre guide et marche devant nous !

Elle est seule à apercevoir le Dieu de la mer ; mais nul ne doute de sa parole.

Le roi de Corée tremble et pleure au fond de son palais. Ses États sont envahis, ses soldats sont défaits. Devant l'armée invincible des Japonais, aucune résistance n'était possible, et lui-même, avant de combattre, il se sent vaincu.

Déjà les conquérants ont pris la ville. L'Impératrice guerrière est aux portes des palais. L'âme des héros l'anime vraiment. C'est elle qui, à travers les tempêtes et les obstacles, a conduit son armée à tant de victoires.

La première elle s'élance à l'assaut, franchit le fossé et heurte la porte royale en criant d'une voix éclatante :

— Le roi de Corée est le chien du Japon.

Les battants éclatent, s'écroulent et la conquérante passe sur les décombres.

Au dessus de l'entrée, elle fait suspendre sa pique d'ivoire et d'or, qui, durant des siècles, restera là.

C'est l'heure du carnage et du pillage ; les soldats vont se payer enfin de leur sang versé ; ils n'attendent plus que l'ordre de la souveraine.

Mais voici que, le front baissé, les mains liées derrière le dos, le roi de Corée s'avance dans la cour d'honneur, jonchée de morts et de blessés. Il s'est lui-même enchaîné comme un prisonnier, et il vient s'humilier, se soumettre, se rendre...

— Je suis ton esclave! s'écrie-t-il avec un sanglot, en tombant aux pieds de la belle guerrière.

Alors sous la rude cuirasse, le cœur de la femme se réveille et s'émeut... Zin-Gou relève le pauvre roi, détache ses liens.

— Tu n'es pas mon esclave, dit-elle; tu resteras roi de Corée, mais tu seras mon vassal.

Et elle défend de piller la ville. On s'emparera

seulement des trésors du roi, réservant pour elle les
peintures, les objets d'art, toutes ces choses déli-
cieuses, créées par la Chine, et que le Japon ne sait
pas faire encore.

Au désespoir la joie succède, on acclame la
conquérante magnanime, qui, elle, cherche sa
récompense dans les yeux du beau Také-Outsi,
de plus en plus troublés d'admiration et de tendresse.

Il y a aujourd'hui plus de treize siècles que la glorieuse Zin-Gou-Gvo-Gou rentrée triomphalement
dans sa capitale, donna le jour à un fils, et poursuivit
le cours d'un règne long et heureux. Et ne dirait-on
pas que, dans le Japon moderne, si avide de progrès,
si différent de l'ancien, rien n'est changé, cependant?

Les soldats ne portent plus le casque noir, agré-
menté de cornes brillantes; au lieu de l'arc « d'invention récente », qui lançait des pierres, ils ont les
canons et les fusils les plus perfectionnés; mais ce
sont toujours les mêmes héros intrépides, dédai-
gneux de la vie.

Le Mikado qui règne aujourd'hui, Mitsou-Hito,
l'Homme Conciliant, de la dynastie divine qui, selon
la formule officielle, règne sur le Japon « *depuis le
commencement des temps et à jamais* », descend di-
rectement de l'illustre impératrice Zin-Gou. Le
cycle inauguré par son avènement s'appelle Mé-Dgi,

« règne lumineux », et il brille en effet d'une éclatante façon. Le souverain actuel, dont les victoires
étonnent l'Europe, est certes digne de ses pères, et
la déesse soleil : Tien-Sio-Daï-Tsin, sa radieuse
aïeule, peut se reconnaître en lui, le fils de ses fils,
et, du haut du ciel. lui sourire.

Une femme apparut sur le chemin... (p. 252).

LA TISSEUSE CÉLESTE

LA TISSEUSE CÉLESTE

LÉGENDE JAPONAISE

Il y avait dans la banlieue de Yeddo (aujourd'hui Tokio) un jeune paysan d'une conduite exemplaire, mais que le malheur semblait poursuivre. Sa mère était morte de chagrin en voyant les champs cultivés par son époux devenir de plus en plus stériles.

Il avait suivi en pleurant le cercueil de sa mère, puis s'était tué de travail pour soutenir son vieux père; mais le père est mort à son tour, laissant le fils dans un tel dénûment, qu'il n'avait pas l'argent nécessaire pour le faire enterrer; alors il s'est vendu lui-même comme esclave et a pu, avec le prix de sa liberté, rendre les devoirs à son père.

Maintenant, il se rend chez son maître, pour y remplir les conditions du contrat. Il marche tristement la tête basse, pleurant sur sa liberté perdue.

Tout à coup une femme d'une grande beauté apparaît sur le chemin. Elle s'approche du jeune homme et lui parle.

— Je veux te demander une grâce, dit-elle; je suis seule et abandonnée, accepte-moi pour ton épouse. Je te serai dévouée et fidèle.

— Hélas! dit le jeune homme. Je ne possède rien et mon corps même ne m'appartient pas. Je me suis vendu à un maître chez lequel je me rends.

— Je suis habile dans l'art de tisser la soie, dit l'inconnue; emmène-moi chez ton maître. Je saurai me rendre utile.

— J'y consens de tout mon cœur, dit le jeune homme; mais comment se fait-il qu'une femme, belle comme tu l'es, veuille prendre pour époux un pauvre homme comme moi?

— La beauté n'est rien auprès des qualités du cœur, dit la femme.

Ils arrivent bientôt chez le maître, et l'époux travaille avec zèle, il cultive les fleurs du jardin. Quand il rentre dans sa cabane pour se reposer un peu, il trouve toujours sa femme occupée à tisser une magnifique étoffe de soie et d'or, et de plus en plus émerveillé, il admire la belle travailleuse.

Un jour le maître, qui surveille lui-même les esclaves, entre dans la cabane et s'approche de la jeune femme. Il demeure stupéfait en voyant le superbe ouvrage qu'elle termine.

— Oh! la splendide étoffe, s'écrie-t-il, elle est certainement d'un prix inestimable!

— Elle est à toi si tu le veux, dit la femme. Je voulais te l'offrir en échange de notre liberté.

Le maître consent au marché et les laisse partir.

Alors l'époux se jette aux pieds de l'épouse et la remercie avec effusion de l'avoir délivré de l'esclavage.

Mais la femme tout à coup se transforme; elle devient tellement lumineuse que le jeune homme ébloui ne peut plus la regarder.

— Je suis la Tisseuse Céleste, dit-elle; ton courage au travail et ta piété filiale m'ont touchée, et te voyant malheureux, je suis descendue du Ciel pour te secourir; tout ce que tu entreprendras désormais réussira, si tu ne quittes jamais le chemin de la vertu.

Cela dit, la divine Tisseuse monte au Ciel et va reprendre sa place dans la Maison des Vers à Soie (1).

(1) La constellation du Scorpion.

LES SEIZE ANS DE LA PRINCESSE

La princesse Fiaki p. 260 .

LES SEIZE ANS DE LA PRINCESSE

Comme c'est l'hiver et qu'il fait froid, on a fermé, autour du prince, les panneaux de bois précieux, menuisés avec une minutie et un art incomparables, et cela rend toute petite la salle dans laquelle il est assis, rêveur, le bras posé sur un accoudoir revêtu de nacre.

Plusieurs belles robes, ouatées d'un duvet de soie, superposent et croisent leurs collets, de différentes couleurs, sur la poitrine du Daïmio, et l'on voit, près de l'épaule, brodée en or sur la manche, une espèce d'étoile formée de cinq boules en entourant une sixième. C'est là le blason bien connu de la très illustre famille de Kanga, qui n'a d'égale en puissance, dans toutes les îles du Japon, que celles de Shendaï et de Satsouma.

Oui, ce prince, qui médite au fond de son palais, est très puissant, très riche, très renommé; son peuple l'admire et le craint, ses vassaux sont prêts à

17

mourir pour lui, ses moindres désirs sont des lois
pour tous ceux qui l'entourent, et cependant, aujour-
d'hui, il se trouve misérable, faible, pauvre, déplo-
rablement pauvre d'imagination, car voici plusieurs
jours qu'il cherche quelle surprise il pourrait bien
faire à sa fille pour l'anniversaire de sa naissance, et
il n'imagine rien.

Il est vrai que cette princesse, qui demain aura
seize ans, possède tout ce qu'il est possible de posséder : elle a des oiseaux merveilleux, de fantastiques poissons, des chiens extravagants, des chars,
des bœufs, des chevaux, des palais, tout ce qu'elle a
pu désirer, et même des merveilles auxquelles elle
ne songeait pas et qu'on a fait venir pour elle de
lointains pays.

Le Daïmio s'avoue, en branlant la tête, qu'il a trop
gâté cette fille bien-aimée, qu'il n'aurait pas dû la
combler ainsi, lui faire épuiser, à peine entrée dans
la vie, toutes les richesses du monde. Que faire
maintenant? sa puissance est à bout, il n'a plus rien
à offrir à son enfant, pour l'étonner et la charmer.

A quoi sert donc d'être prince?

Longtemps, à travers la transparence trouble de
la fenêtre, il laisse errer un regard ennuyé sur le
jardin dépouillé, sur le ciel gris et pleurard.

— Que peut-elle bien désirer encore?

Tout à coup il se leva.

— Allons la voir, se dit-il, je pourrai peut-être,
sans qu'elle se doute de rien, deviner son caprice.

Il frappa sur un gong suspendu à un cordon de soie, tenu du bout des dents par une chimère de bronze.

Aussitôt les panneaux formant les murailles glissèrent sans bruit, s'écartèrent à demi, laissant voir des perspectives de salles, emplies par les _samouraïs_ de service, les pages, les gardes, les serviteurs. Les samouraïs, nobles vassaux portant deux sabres, s'inclinèrent profondément, tandis que pages et serviteurs se prosternaient, front contre terre.

— Je vais chez ma fille, dit le Daïmio.

Alors une escorte se forma, et des gardes coururent en avant, pour avertir les pages de la princesse.

Fiaki, c'est-à-dire Rayon de Soleil, dans une salle bien close de son palais particulier, était assise sur les nattes blanches du sol, et les plis de ses magnifiques robes, à traînes immenses, étaient disposés symétriquement autour d'elle, en éventail, en flots, en collines ; il y avait toutes sortes de tissus, de diverses nuances, très douces ! mais l'étoffe la plus abondante était de satin couleur ciel d'été, avec de fines broderies noires, figurant des toiles d'araignées dans lesquelles s'étaient pris des pétales de fleurs.

Le visage de la jeune fille était blanc comme de la crème, sa petite bouche un peu épaisse, avivée de fard, s'entr'ouvrait en découvrant deux rangs de grains de riz ; elle avait les sourcils rasés et remplacés par deux petites taches noires faites au pinceau et placées très haut sur le front ; suivant la mode des princesses, ses longs cheveux, dénoués, ruisselaient sur son dos, se perdant dans les plis des robes.

Les filles d'honneur formaient un demi-cercle autour de leur maîtresse, et en face d'elle, de l'autre côté d'une légère balustrade sculptée, une danseuse, en robe longue, dont les manches flottaient, imitant des ailes, coiffée d'un étrange bonnet d'or, posé au sommet de la tête, dansait lentement en agitant un éventail. Un orchestre de musiciens l'accompagnait, jouant du gotto, du biva, de trois espèces de flûtes, du tambour et du tambourin.

A l'entrée du prince, la symphonie cessa, et, vivement, Fiaki se cacha la bouche derrière une des toiles d'araignée de sa manche, ce qui était à l'adresse de son père un salut tendre et pudique.

Lui, souriait de plaisir, en revoyant la beauté et la grâce de l'enfant qu'il idolâtrait. Elle s'était levée, marchant à sa rencontre et, comme une mer agitée par une subite tempête, la soie, le satin, le brocart, derrière elle, ondulaient en bruissant.

Il lui prodigua les surnoms les plus flatteurs, la nommant : Mourouï, l'Incomparable; Réifé, la Beauté surnaturelle; Réikio, le Parfum du Ciel; puis il lui demanda si elle était heureuse, si rien ne l'avait fâchée, si elle ne désirait rien.

— Ah! prince illustre! père adoré! s'écria-t-elle en ployant son corps souple en arrière, dans un joli mouvement de douleur, comment être heureuse quand la terre souffre? Comment sourire quand le ciel pleure? Les dieux sont bien cruels d'avoir créé l'hiver! Hélas! pas même de la neige pour donner l'illusion du printemps. Il me semble être une pauvre plante exilée, qui ne vit pas et ne peut mourir.

Elle ajouta avec un sourire coquet, en abaissant ses longs cils d'un air modeste :

— J'ai composé sur ce sujet un *outa*; mais la poésie elle-même n'a pas pu me consoler.

D'un ton exquisement maniéré, elle récita le court poème, battant le rhythme du bout de son éventail :

L'automne en fuyant
Avec les fleurs qu'il emporte,
A fermé la porte,
M'oubliant à demi morte,
Devant l'hiver effrayant.

— Je ferai illustrer cet outa par le plus fameux peintre du royaume, dit le prince ; mais! hélas! je ne suis pas dieu.

Lentement, il s'éloigna, plein de soucis.

— Il est certain qu'elle ne désire que le printemps, se dit-il.

Et il s'arrêta, pour écouter la bise aigre siffler au dehors.

Déjà le jour baissait. La prochaine aurore allait donc le prendre au dépourvu.

— Le printemps! murmurait-il en se rasseyant à la place qu'il avait quittée tout à l'heure.

Brusquement sa tristesse se changea en colère. Il fit appeler son premier ministre.

Le Nai-Daï-Tsin accourut, courbant le dos, et
tout en débitant son compliment, vit le sombre visage
du maître et n'augura rien de bon. Le prince garda
un moment le silence, comme s'il hésitait à donner
un ordre extravagant ; mais après un mouvement
d'épaule irrité, il parla d'une voix dure.

— C'est demain la fête de ma fille, dit-il. Je veux,
vous entendez, *je veux*, qu'au jour levant, les arbres
et les buissons du parc, et de toute la campagne
environnant le palais, soient couverts de fleurs,
comme aux premiers mois du printemps. Allez !

— Vous serez obéi, maître, dit le ministre en sortant à reculons.

Mais une fois sorti, consterné, anéanti, il laissa
baller ses bras dans les longues manches qui les
cachaient.

— C'est l'exil, c'est la mort ! murmura-t-il. Oui, la
mort, car je n'ai pas le temps de fuir assez loin. En
pleine prospérité, la foudre qui tombe sur moi !

Ses jambes se dérobaient, il s'adossa à la boiserie.

— Qu'ai-je fait pour être en disgrâce?... Rien, se
répondit-il après un sévère examen de conscience ;
c'est pour sa fille, il veut vraiment commander au
printemps.

Il resta sans penser un long moment, la tête rou-
lant comme une boule de plomb sur sa poitrine ;
mais bientôt il secoua cette lourde tête, et la releva
d'un air résolu.

— Allons, soyons digne de notre race, dit-il, un

japonais ne tremble pas devant la mort ; ce ne sera pas en vain que j'aurai, depuis l'enfance, pris des leçons de suicide. V·yons, le sabre d'abord, pour se fendre le ventre d'un seul coup, de gauche à droite, puis le poignard qui tranche la gorge...

Il tira son sabre, mais l'arme resta au bout de son bras, la pointe appuyée au sol.

— S'il était possible, pourtant, par quelque artifice, de simuler le printemps, au lieu de la ruine et du suicide, quelle fortune ! Ne désespérons pas trop vite, il sera temps toujours de mourir.

Il eut un sursaut d'effroi en voyant que l'ombre avait envahi le palais et que les lumières commençaient à s'allumer.

— L'immense parc et toute la campagne ! dit-il, et rien qu'une nuit.

Tout en courant, il rengaîna, gagna sa demeure, et réunit le conseil.

Sans permettre à ses collègues de s'asseoir, il leur fit part de l'ordre extraordinaire donné par le prince.

— Cet ordre doit être exécuté sous peine de mort, avant le jour, dit-il, indifférent aux mines épouvantées qui l'entouraient ; le prince est d'une humeur terrible ; il n'y aurait pas de rémission. Ecoutez, et comprenez bien l'idée qui m'est venue et peut nous sauver tous. Il faut qu'à une lieue à la ronde, hommes, femmes, filles et garçons, nobles, marchands, paysans, avec la soie, le velours, le satin, le papier, se mettent à l'instant même à fabriquer, comme il le pourront, des simulacres de fleurs ; qu'ils taillent dans leurs vêtements, qu'ils massacrent les tentures, les paravents, les nattes du sol, tout ce qui leur semblera bon, ils n'y perdront rien ; puis que toutes ces fleurs soient, avant l'aube, liées, clouées, collées sur les arbres, sur les buissons, sur les arbustes, les plus réussies sur les bords des routes, les plus grossières aux derniers plans ; que les peintres soient chargés de diriger la décoration et de donner des coups de pinceau où il en faudra. Je veillerai à tout, je tâcherai de tout prévoir, notre salut vaut bien cet effort. Prenez l'armée, disposez de tout ; personne ne doit ni manger ni dormir cette nuit. Allez ! et, si vous tenez à la vie, soyez rapides comme l'éclair.

Sans mot dire, les ministres s'éloignèrent, s'enfuirent plutôt.

Moins d'une heure plus tard, il n'y avait pas un palais, pas une maison dans la ville, pas une chaumière dans la campagne où l'on ne fût occupé, fiévreusement, à fabriquer des fleurs ; et qui eût regardé du haut du palais de Kanga, un peu après le milieu de la nuit, le parc et les alentours, aurait cru reconnaître dans les milliers de lanternes qui roulaient, sautaient, couraient à fleur du sol, l'armée effrayante des feux follets, conduite par les renards.

Mais, à cette heure-là, l'illustre Daïmio ronflait, derrière un paravent en bois de fer incrusté d'or, et l'incomparable princesse, à la lueur, tamisée par de

Des cassolettes étaient dissimulées dans le harnachement des bœufs (p. 267).

minces feuilles de nacre, d'un grand lampadaire, se
soulevait à demi sur sa couche, et feuilletait un livre,
cherchant, pour l'emporter dans son rêve, un poème
sur le printemps.

Ses femmes finissaient de l'habiller, lorsque Fiaki,
le lendemain matin, entendit la musique d'un
orchestre et les chants de voix nombreuses éclater
sous ses fenêtres.

— Ah! c'est vrai, c'est ma fête aujourd'hui, dit-
elle avec un mouvement d'ennui, pourquoi suis-je
née en hiver?

On écarta les châssis des fenêtres.

— Voyez donc quel beau temps, maîtresse!

Le ciel, en effet, comme s'il eût été un simple cour-
tisan, s'était, pour cette fête, paré d'un bleu très
doux, dans lequel roulait un gai soleil, d'un or un
peu pâle.

Languissamment, la princesse s'avança sur la
galerie extérieure et s'accouda à la balustrade. Mais
alors, quel cri de surprise et de joie! Qu'est-ce
qu'elle voyait là? était-ce possible? des fleurs, partout
des fleurs! le printemps était venu!

Elle se frottait les yeux, croyant rêver.

— Comment, disait-elle, en se tournant de tous
côtés, en courant d'un bout à l'autre de la galerie,
les amandiers! les pêchers rouges! les pommiers
blancs et roses, et les grands arbres! quel miracle.

Par toutes les avenues affluaient les visiteurs,
venant rendre leurs devoirs à la princesse, les sei-

gneurs à cheval, les femmes nobles dans des chars
traînés par des bœufs, ou dans des *norimonos*. La
cour sortait des palais, se réunissait sur les terrases.
Fiaki se hâta de descendre.

Le prince, tout riant de plaisir, la reçut au bas des
degrés. Les larmes aux yeux, elle se jeta dans ses
bras en s'écriant :

— Père! père! tu vois bien que tu es un dieu!

Il proposa une promenade dans le parc et dans la
campagne, pour admirer ce magique printemps.

La princesse, toute joyeuse, battit des mains, et
son char magnifique, en forme de pavillon, blasonné
de boules d'or figurant une étoile, et traîné par deux
bœufs blancs, s'avança au pied de la terrasse; ceux
des filles d'honnenr vinrent ensuite, puis toute la
cour suivit et les visiteurs aussi; ce fut une brillante,
joyeuse et interminable procession.

Le prince, à cheval, escortait sa fille; il avait
auprès de lui le premier ministre, grave et impassible
dans son triomphe.

C'était un enchantement, tout le long du chemin;
la tiédeur du soleil, la fine brume dorée qui voilait
un peu la nature, rendaient complète l'illusion; on
admirait un printemps plus riche, plus fleuri encore
que le vrai printemps.

— Et quels parfums délicieux flottent dans l'air!
toutes ces fleurs, cela embaume! disait la princesse,
qui, à chaque moment, penchait sa jolie tête hors du
char, pour mieux voir.

Le Daïmio, très surpris, respirait, en effet, des
odeurs charmantes.

C'est que des cassolettes étaient dissimulées dans
le harnachement des bœufs, et la fumée qui s'en
exhalait se confondait avec celle formée par l'haleine
des animaux.

On s'en alla loin dans la campagne ; Fiaki, au
comble du bonheur, ne se lassait pas. Elle demanda
à ne pas revenir au palais par le même chemin ; était-
ce possible, cela ? Le prince, un peu inquiet, regarda
le ministre ; celui-ci demeura impassible.

— La princesse désire-t-elle rentrer par les collines ou par les vergers ? dit-il.

— Par les vergers, répondit la jeune fille c'es
plus loin, mais ce doit être bien plus beau.

On prit par les vergers et, en effet, c'était plus
beau encore que ce qui s'était montré jusque-là.

Mais voici qu'un prunier rose attira spécialement
l'attention de la princesse.

— Ah ! je veux emporter une branche de cet arbre-
là ! s'écria-t-elle ; je veux un souvenir de cette féc-
rique promenade.

— Pour le coup, la supercherie va être décou-
verte, pensa le prince en jetant un regard de dé-
tresse au ministre.

Le ministre n'avait ni pâli ni tremblé.

— A moi l'honneur de la cueillir pour vous, disait-
il en s'inclinant devant la jeune fille.

Il piqua son cheval, courut au prunier, et revint

avec une branche superbe. La princesse la saisit, l'aspira, y plongea son visage : c'étaient bien des fleurs de prunier, toutes fraîches, toutes mouillées de rosée, tout odorantes.

A part lui, le maître s'ébahissait; mais alors les filles d'honneur, les nobles dames, voyant qu'il était permis de cueillir des branches, sortirent leurs têtes des voitures, tendirent les mains, réclamant, elles aussi, un souvenir.

Cette fois-ci, c'était trop fort; le prince eut un geste de colère et allait donner l'ordre de ne pas s'arrêter; le ministre le rassura, il souriait avec un imperceptible haussement d'épaules; il connaissait bien les femmes et avait prévu cela aussi. Il fit signe au conducteur d'un char vide d'aller chercher ce que l'on demandait. Le char revint bientôt tout empli de fleurs qu'on se partagea avec des cris de joie.

Le ministre n'avait pas hésité à faire piller les serres de tous les palais; des hommes mêlés à la foule portaient toutes ces fleurs dans des sacs de toile brune et se tenaient à portée pour être là au moment voulu. Le prince, qui ne devinait pas, était tout abasourdi.

— Tu es vraiment un homme prodigieux, dit-il, au moment où l'on rentrait au palais; tu as fait plus que je ne pouvais espérer; tu as été absolument magicien. Tu l'as été trop, peut-être, et à la grande joie de ce jour se mêle une sourde inquiétude : comment nous sera-t-il possible de nous surpasser, à la fête de l'an prochain ?

Tandis que le maître, resté un peu en arrière, parlait ainsi à son ministre, Fiaki descendait de son
char; à cet instant, le fils du prince de Satsouma,
qui venait d'arriver au palais avec une brillante
escorte, s'avança pour la saluer. C'était un jeune
homme plein d'élégance et de beauté, et tellement
brave que, malgré sa jeunesse, il avait déjà fait
parler de lui; mais, en ce moment, il était très ému,
très pâle, comme tremblant de peur; la jeune fille,
au contraire, rougissait et, pour cacher cette rou-
geur, enfouissait son visage dans les fleurs qu'elle
tenait à la main. Le ministre montra d'un geste les
jeunes gens au Daïmio; lui fit remarquer ce trouble
étrange, qui les laissait tous deux comme interdits.

— Quand les dix-sept ans de votre fille sonneront,
dit-il, donnez-lui pour époux ce charmant prince, et
elle l'aimera plus encore qu'elle n'aime le printemps.

Le prince tendit au ministre un bijou de bronze
incrusté d'or.

— Tiens, dit-il, voici la clé de mes trésors; prends
ce que tu voudras, et ne t'avise pas d'être discret

TABLE DES MATIÈRES

Paris. — L. MARETHEUX imprimeur, 1, rue Cassette. — 5792.

Les Peuples étranges . . . . 1 vol.

Paris. — L. MARETHEUX, imp.

Prix : **7 francs**

www.ingramcontent.com/pod-product-compliance
Lightning Source LLC
Chambersburg PA
CBHW072102020726
47501CB00003B/681